北京华景时代文化传媒有限公司 出品

旅宿

なつめ そうせき

［日］**夏目漱石　丰子恺**
著
　丰子恺 译

夏目漱石 1912 年 9 月
摄影：小川一真

目录

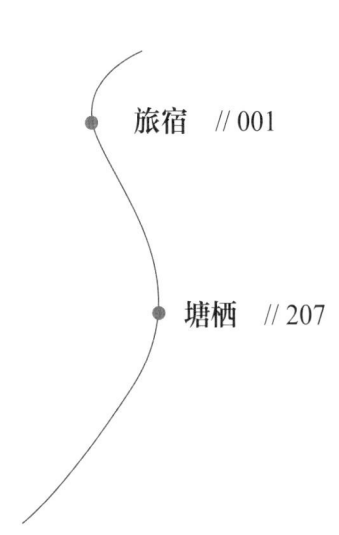

旅宿　// 001

塘栖　// 207

旅宿

一

一面登山，一面这样想：

依理而行，则棱角突兀；任情而动，则放浪不羁；意气从事，则到处碰壁。总之，人的世界是难处的。

越来越难处，就希望迁居到容易处的地方去。到了相信任何地方都难处的时候，就发生诗，就产生画。

造成人的世界的，既不是神，也不是鬼，就不过是那些东邻西舍纷纷纭纭的普通人。普通人所造的人世如果难处，可迁居的地方恐怕没有了。有之，除非迁居到非人的世界里去。非人的世界，恐怕比人的世界更加难处吧。

无法迁出的世界如果难处，那么必须使难处的地方或多或少地变成宽裕,使得白驹过隙的生命在白驹过隙的期间好好地度送。于是乎产生诗人的天职,于是乎赋予画家的使命。所有艺术之士,皆能静观万物,使人心丰富,因此可贵。

从难处的世界中拔除了难处的烦恼,而把可喜的世界即景地写出,便是诗,便是画。或者是音乐,是雕刻。详言之,不写也可以。只要能够即景地观看,这时候就生出诗来,涌出歌来。诗思虽不落纸,而璆锵之音起于胸中。丹青虽不向画架涂抹,而五彩绚烂自映心目。只要能够如此观看自身所处的世间,而把浇季溷浊的俗界明朗地收入在灵台方寸的镜头里,也就够了。是故无声之诗人虽无一句,无色之画家虽无尺绢,但在能如此观看人生的一点上,在如此解脱烦恼的一点上,在能如此出入于清净界的一点上,以及在能建立这清朗的天地的一点上,在扫荡我利私欲的羁绊的一点上,——比千金之子,比万乘之君,比一切俗界的宠儿,都更加幸福。

在世上住了二十年,方知世间有住的价值;二十五年,相信明暗同表里一样,阳光所照的地方一定有阴影。三十年的今日就这样想:欢乐多的时候忧愁也多,幸福大的时候苦痛也大。倘要避免这情况，身体就不能有；倘要根除这情况，世界就不成立。金钱是重要的，重要的金钱倘使增多起来，梦寐之间也操心吧。恋爱是欢喜的，欢喜的恋爱倘使累积起来，反而要恋慕没有恋爱的从前吧。宰相的肩上扛着数百万人的脚，身上负着天下之重。甘美的食物不吃可惜，少吃些不满足，吃得太多了后来不愉快……

我的思想漂流到这里的时候，我的右脚忽然踏翻了一块没有摆稳的尖石头。为了保持平衡，左脚仓皇地向前踏出，借以补救这失错，同时我的身体就在近旁一块大约三尺见方的岩石上坐了下去。只是肩上挂着的画箱从腋下抛了出来，幸而平安无事。

站起来的时候向前面一望，看见路的左边耸立着一个山峰，像一只倒置的桶。从脚到顶，满长着苍黑的树木，不知是杉树还是桧树；苍黑中横曳着淡红色的山樱花，雾霭弥漫，模糊难辨。附近有一个秃山，孤零零地突出着，直逼眉睫。光秃秃的侧面好像是巨人的斧头削成的，峻峭的平面一落千丈，埋在深谷的底里。望见天边有一株树，大概是赤松吧。连树枝间的空处也可分明看出。前方两町^①远的地方断绝了，但是望见高处有一条红色的毛毯飘动着，想来是要从那地方登山的。路很难走。

只是开一条泥路，倒也不十分难；可是泥土里面有很大的石头。泥土虽然平了，然而石头不平。石头虽然砍碎了，然而岩块没有弄平，悠然地耸峙在崩下来的泥土上，并没有给我们让路的气色。对方既然不动声色，那么我就非跨过或绕过不可。没有岩块的地方也不好走。因为左右高起，中间凹进，好比是在这六尺宽的地方凿出一条横断面成三角形的大沟，三角形的顶点贯穿在沟的中央，就是我所走的地方。与其说是在路上走，不如说是在河中涉水更为适当。我反正不是急于赶路，就慢慢地爬上这迂回曲折的山路去。

忽然脚底下响出云雀的叫声。向山谷里望下去，形影全无，不知在什么地方叫，只是清楚地听见声音，急急忙忙地不绝地叫着。周围几里内的空气，似乎都被蚤虱叮住，有痒不可当的感觉。这只鸟的叫声中没有瞬间的余裕。它把悠闲的春天

---

① 日本的一种长度单位，1町约为109.09米。

叫亮了，又叫暗，似乎不把春光叫尽不肯甘休的样子。况且没有止境地都在飞升上去，无论什么时候都在飞升上去。云雀一定是死在云中的。也许升到不能再升的时候流入云际，形骸在飘泊中消灭，只有声音留存在空中。

岩石突出一个锐角，山路急剧地转弯，右边下临无地，如果算命的瞎子走到这角上，一定会倒跌下去。向旁边望下去，但见一片菜花。我想，云雀大概是降落在这里的吧。不，大概是从这片黄金色的原野中飞升起来的吧。接着又想，大概是降落的云雀和升起的云雀作十字形交叉飞过的吧。最后又想，大概是在降落的时候、升起的时候、作十字形交叉飞过的时候都精神勃勃地不息地叫着的吧。

春睡着了。猫忘记了捕鼠，人忘记了负债。有时连自己的灵魂都不知飞到什么地方，自身的存在都没有了。只有遥望菜花的时候才苏醒过来，听到云雀的叫声的时候才分明觉得灵魂的存在。云雀不是用嘴来叫的，是用整个灵魂来叫的。灵魂的活动在声音上的表现，像云雀那样元气充沛的，更没有了。啊，愉快！这样想，这样愉快，便是诗。

忽然想起了雪莱的云雀诗,把记得的地方低声背诵,记得的不过几句。这几句里面有这样的话:

We look before and after

And pine for what is not:

Our sincerest laughter

With some pain is fraught;

Our sweetest songs are those

that tell of saddest thought.

"瞻前复顾后,忽忽若有失:开颜恣欢笑,中心苦郁结。歌声最甘美,含意最悲切。"

对啦,诗人无论怎样幸福,总不能像云雀那样放怀一切地、一心不乱地、忘却前后地高歌自己的欢乐。西洋的诗自不必说,中国的诗中也常常有万斛愁等字样。因为是诗人,所以愁有万斛;倘是平常人,也许不过一合。这样看来,大概诗人比平常人劳苦,诗人的神经比凡骨锐敏一倍以上。诗人固然有超俗的欢喜,但是也有无限的悲哀。这样看来,做诗人这件事也是要考虑的。

道路暂时平坦，右面是杂树丛生的山，左面是连续不断的菜花。脚底下常常踏着蒲公英。锯齿一般的叶子肆意地向四方伸展，拥护着中央的黄色的花。我一心注意菜花，把蒲公英踏了一脚之后，觉得对它不起；回头一看，那黄色的花依然安坐在锯齿形的叶子中间。修养功夫真好！我又继续想。

忧愁也许是跟随着诗人的。然而听云雀的时候心中毫无苦痛。看菜花的时候胸中也只觉得欢喜雀跃。蒲公英也是这样，樱花也——樱花不知什么时候不见了。这样地到山中来接近自然景物，所见所闻都很有趣。只觉得有趣，并不感到什么苦痛。要说苦只是两脚吃力，和吃不到甘美的东西而已。

然而不感到苦痛是什么缘故呢？是因为把这片风景只当作一幅画看，只当作一首诗读。既然是一幅画，是一首诗，那么既不希望购置地皮，从事开拓，也不企图铺设铁道，获取暴利。这片风景，这片既不能果腹充饥、也不能增加月薪的风景，仅仅作为一片风景来慰乐我的心情，因此既无劳苦，也无忧虑。自然力的尊贵就在于此。在刹那间陶冶我们的性情，使进入醇乎其醇的诗境的,便是自然。

恋爱是美事,孝行也是美事,忠君爱国也是好事。但倘身当其局,被卷入利害的旋涡中,那么即使是美事,即使是好事,也势必神昏目眩。因此自己看不到哪里有诗趣。

倘使要看到,必须站在有看到的余裕的第三者的地位上。只要站在第三者的地位上,看戏剧也有趣味,读小说也有趣味。看戏剧而感到趣味的人,读小说而感到趣味的人,都是把自己的利害置之高阁的。看的时候,读的时候,这个人便是诗人。

然而普通的戏剧和小说,还不免含有人情:有时苦痛,有时愤怒,有时叫嚣,有时哭泣。看的人和读的人不知不觉地同化于其中,也有时苦痛,有时愤怒,有时叫嚣,有时哭泣。好处大概只在于不含有利欲这一点上。唯其不含有利欲,因而别的情绪活动就比平常厉害得多。这是讨厌的。

苦痛、愤怒、叫嚣、哭泣,是附着在人世间的。我也在三十年间经验过来,此中况味尝得够腻了。腻了还要在戏剧小说中反复体验同样的刺激,真吃不消!我所喜爱的诗,不是鼓吹世俗人情的东西，是放弃俗念，使心地暂时脱离尘世的诗。无论何等伟大的杰作，脱离人情的戏剧是没有的，屏绝是非的小说很少吧。时时处处不能脱离世间，是这种戏剧和小说的特色。尤其是西洋的诗，因为都是以人事为基础的，所以即使是所谓纯粹的诗歌，也不能从这个境地解脱出来。到处是同情、爱欲、正义、自由，只把世间看作一个尘世的商品陈列所。无论何等富有诗趣，都只在地面上奔驰，没有忘却金钱利欲的余暇。雪莱听见云雀的叫声而叹息，也不是无理的。

且喜东洋的诗歌中有解脱尘世的作品。"采菊东篱下，悠然见南山。"①只在这两句中，就出现浑忘浊世的光景。这既不是为了邻女在隔墙窥探，也不是为了有亲友在南山供职。这是超然的、出世的、涤荡利害得失的一种心境。"独坐幽篁里，弹琴复长啸。林深人不知，明月来相照。"②只此二十字中，卓越地建立了另一个天地。这天地的功德，不是《不如归》或

---

① 陶渊明诗。
② 王维诗。

《金色夜叉》①的功德，是在轮船、火车、权利、义务、道德、礼义上精疲力尽之后忘却一切，浑然入睡似的一种功德。

倘使在二十世纪需要睡眠，那么在二十世纪这种出世的诗趣是少不得的。可惜现今作诗的人和读诗的人，都醉心于西洋，因此很少有人悠然地泛着扁舟来探访这桃源仙境。我固然不是以诗人为职业的，并不打算在现今的世间宣扬王维和渊明的诗境。只是自己认为这种感兴比游艺会、比舞蹈会更为受用，比《浮士德》、比《哈姆雷特》更为可喜。我一个人背了画箱和三脚凳在这春天的山路上踽踽独行，完全是为此。我是希望直接从自然界吸收渊明和王维的诗趣，在非人情的天地中暂时逍遥一会儿。这是一种醉兴。

我是人类的一分子，所以即使何等爱好非人情，长久继续当然是不行的。渊明恐怕不是一年四季望着南山的，王维也不是乐愿不挂蚊帐在竹林中睡觉的人吧。想来他们也要把余多的菊花卖给花店，把过剩的竹笋让给菜铺吧。说这话的我也是这

---

① 《不如归》和《金色夜叉》是当时在日本风行一时的两部小说，都是描写人世纠纷的。

样：无论何等爱好云雀和菜花，倘要我在山中露宿，这种非人情的事我也不想做。在这样的地方也能遇到人：有掖起衣边头裹布巾的农夫、有身穿红裙的姑娘，有时还遇到面孔比人脸长的马。虽然被包围在百万株桧树中间，吞吐着海拔数百余尺的空气，人的气味还是避免不了。岂但如此，爬过山峰之后，今宵的宿处还是那古井的温泉场哩。

吾人对世间物象，看法不同，则所见各异。莱奥纳多·达·芬奇对他的学生说：试听那只钟的声音，同是一只钟，听法不同，则声音各异。我们对一个男人或一个女人，也由于看法不同而所见的样子各异。我反正是为了追求非人情而出门旅行的，用另一种看法来看人，所见就和在尘世里巷中度着狭隘的生活时大不相同。即使不能完全脱离人情，至少也能达到像听赏能乐时那样淡然的心境。能乐中也有人情。听《七骑落》，听《墨田川》[①]，都不能保证不流眼泪。然而那是三分情七分艺的表演。我们从能乐享受到的美感，不是现世人情如实描写的手法所产生的。这是在如实状态上披上好几件艺术的

---

① 《七骑落》和《墨田川》都是能乐的曲名。

衣服，而作世间所没有的悠闲的表演之故。

暂时把这旅行中所发生的事情和所遇到的人物看作能乐表演和能乐演员，便怎么样呢？不能完全放弃人情，但因这旅行的根本是诗的，所以随时随处力求接近于非人情。人和南山与幽篁，性质当然不同；和云雀与菜花也不能混为一谈；然而我务求其接近，在可能接近的限度内从同一观点看待人。那位名叫芭蕉的人，连马在枕边撒尿都当作雅事吟成诗句。我也想把今后所遇到的人物——农夫、商人、村公所书记、老翁、老妪——统统假定为大自然的点景而观察。他们当然和画中的人物不同，各人有各人的行动。然而像普通小说家似的探求其行动的根源，研究心理，议论人事纠纷，那就俗气了。他们行动起来也不要紧，只要把他们看作画中人物的行动，就无妨了。画中的人物无论怎样行动，总不越出画面之外。倘使觉得他们跳出画面之外而作立体的行动，那么就和这方面发生冲突，引起利害矛盾就不胜其烦了。越是麻烦，越是不能作美的鉴赏。我对今后遇到的人物，必须用超然远离的态度去看，务求双方不致随便流通人情的电气。这样，对方无论怎样活动，也不容易侵入我的胸怀，我就仿佛站在画幅前面观看画中人物在画面中东奔西走。相隔三尺，就可安心地观赏，放心地观察。换言之，不为利害分心，故能用全力从艺术方面观察他们的动作，故能专心一意地鉴识美与不美。

我这样下决心的时候，天色渐渐变了。层云起初萦回在我的头上，忽然四散开来，前后左右尽成云海，绵绵地降下一天春雨。菜花田早已过去了，现在我步行在两山之间，雨丝细密，简直是雾，因此前方距离远近完全看不清楚。有时风吹过来，把高处的云吹散，方才看见右方有灰色的山脊。似乎相隔一个山谷，那边便是山脉蜿蜒的地方。走了几步，左方就看见山脚。绵密的细雨深处还隐约地露出松树一类的东西。刚一出现，忽然又隐没了。不知是雨在那里动，还是树在那里动，还是梦在那里动呢？真有点不可思议。

路格外宽广起来，而且很平坦，因此跨步不觉得吃力；然而我没有带雨具，还是加紧脚步。水点从帽子上纷纷下滴。正在这时候，前面三四丈远的地方铃声响了，暗黑中突然出现一个马夫。

"这里有没有休息的地方？"

"再走十五町，有一家茶馆。你身上湿透了呢！"

还有十五町？回头一看，马夫已经被细雨包围，像影戏一般，又突然不见了。

糠一般的雨点渐渐地粗起来，长起来，现在已经看得见一条一条的雨丝随风飘洒了。大褂子立刻湿透，渗进内衣的水由身体的温度烘暖着。心情很不快，把帽子拉低，急急忙忙地走路。

在茫茫然的淡墨色世界中、在银箭斜飞的风雨中不顾淋湿而坦然独步的我——把这个我当作非我看待，就变成诗，就可以吟成诗句。完全忘却了实体的我，纯客观地着眼的时候，我方始变成画中人物，和自然景色保持美好的调和。但在感到下雨讨厌、感到两脚疲劳的瞬间，我就既非诗中人，又非画中人，依然是一市井的竖子而已。眼不见云烟飞动之趣，心不怀落花啼鸟之情。那么萧然独步春山的我有什么美，更是不能理解了。起初拉低了帽子走；后来两眼只管盯住脚背走；终于缩紧肩膀，慌慌张张地前行。雨打满山的树梢，从四面八方围困这孤客。非人情未免有些过分了。

二

"喂,"叫了一声,没有人答应。

从檐下向里面一望,看见一排煤烟熏黑的格子窗。格子窗里面望不见。五六双草鞋寂寞地吊在檐下,无聊似的摇荡着。下面并排放着三只粗点心箱子,旁边散放着几个五厘钱和文久钱①。

"喂,"又叫了一声。伏在土间角落里石臼上的鸡被我惊醒,咯咯咯、咯咯咯地叫起来。门槛外面的土灶被刚才的雨淋湿了,已经一半变色,上面放着一个漆黑的茶铛。是泥铛,还是银铛,不得而知。幸而下面烧着火。

---

① 文久钱是德川幕府文久三年(1863)所造的钱,上有"文久永宝"四字。

没人答应，我就擅自走了进去，在一张折椅上坐下了。鸡拍着翅膀，从石臼上飞下来，又走到铺席上。如果格子窗不关，它们也许会跑进内室里去。雄的大声地喔喔喔，雌的低声地咯咯咯。仿佛把我当成狐狸或野狗。在另一张折椅上，一只升样的烟灰盆静悄悄地躺着，里面点着一盘线香，悠闲地吐出袅袅的青烟，仿佛不知道时间流过的样子。雨渐渐停了。

不多时，里面有脚步声，煤烟熏黑的格子窗唑的一声开了。里面走出一个老太婆来。

我知道总会有人出来的。灶里烧着火，点心箱上散放着铜钱，线香安静地吐着青烟，一定会有人出来的。然而开着店铺不加照管，毫不在意，这情况和都市到底不同。没人答应而坐在椅上一直等候，这情况也是二十世纪所不容的。这便是非人情，真是有趣。而跑出来的老太婆的面貌也引起了我的注意。

两三年前我曾经在宝生①的舞台上看过《高砂》②。那时候我以为这真是一幅美丽的活人画。掮着一把扫帚的老头从乐团

---

① 宝生是日本能乐之一派。
②《高砂》是日本能乐曲名，是由一个老头和一个老太婆的角色合演的。

和舞台之间的通路上走出来,走了五六步,转身和老太婆相对而立。这相对而立的姿态,至今我还历历在目。从我的座位里望去,老太婆的脸差不多和我正面相对。所以我感到这姿态美丽的时候,她的表情确切地印在我心内的镜头里。茶馆里的老太婆的面貌,和这张照相十分相似,好像是血气相通的。

"老太太,让我在这里坐一坐吧!"

"啊,我完全没有知道。"

"雨下得很大呢!"

"这天气真讨厌,路很难走吧。喔唷,身上都淋湿了。我烧起火来替你烘烘吧。"

"再添一点火,我靠着火衣裳就会干了。坐了一会儿觉得有些冷呢。"

"嗳,我马上烧起来。请喝杯茶。"

说完站起身来,嘘、嘘地叫两声,把鸡赶了下去。咯咯咯地跑出去的一对夫妇,从茶褐色的铺席上踏进点心箱里,又飞到门外的路上。雄鸡在逃的时候在点心箱上拉下一摊粪。

"请喝一杯。"不知什么时候老太婆用一个木头刳成的盘子端出一杯茶来。焦褐色的茶碗底上印着潦草的一笔画成的三朵梅花。

"请吃点心。"她又拿出鸡踏过的芝麻卷和米粉条来。我看看是否沾上了鸡粪,原来鸡粪掉在箱子里了。

老太婆把交叉带挂在坎肩上,蹲在灶前。我从怀里取出写生册,画着老太婆的侧影,一面同她谈话。

"这里清静得很,太好了!"

"嗳,是山村呀。"

"黄莺叫不叫?"

"嗳,天天叫。这地方夏天也叫。"

"真想听听!多时不听就更想听了。"

"今天不巧——刚才下雨,不知逃到哪里去了。"

这时候灶里面毕卜毕卜地响起来,红色的火焰飒然生风,喷出一尺多长。

"好,请烤烤火。您一定冷了。"老太婆说。青烟升起来,碰着屋檐,四处分散;檐板上还缭绕着淡淡的烟痕。

"啊,好舒服!这么一来,又精神起来了。"

"正好天也晴了。喏,天狗岩看得见了。"

不定常阴的春日的天空中,焦躁地刮着山风。前山的一角,山风毅然通过时,爽快地放晴了。老太婆所指的那方,像削成的柱子一般峥嵘耸立的,据说是天狗岩。

我先望望天狗岩,再望望老太婆,然后把两者对比了一下。作为一个画家,我头脑中所保留的老太婆的面貌,只是《高砂》中的老太婆和芦雪①所绘的深山女怪。看了芦雪的画,觉得想象里的老太婆是凄厉可怕的,是应该置之红叶之中、寒月之下的。后来看了宝生的《别会能》②,才恍然大悟:原来老女人也可以有这样优美的表情。那个面具一定是名人所刻的吧。可惜作者的姓名不传。虽然是老人,这样地表现,就觉得饱满、安详而温暖。这不妨点缀在金屏上、春风中、或者樱花下。我觉得作为春日山路上的点景,这个挺起腰身、一手遮阴、一手指着远方的、穿坎肩的老太婆比天狗岩更为适当。我拿起写生册来,然而老太婆的姿势忽然变了。

---

① 芦雪是日本江户时代前期的大画家,名政胜,圆山应举的高足。
②《别会能》是日本能乐曲名。

我兴味索然地把写生册移近火边烘干,一面说:

"老太太,您很健康呢!"

"嗳,幸而身体好——针线也能做,苎麻也能绩,米粉也能磨。"

我想叫这个老太婆挽挽磨子看。然而这样的要求是不行的,就问起别的事来:

"从这里到那古井不到六里路吧?"

"嗨,说是二十八町。先生要到温泉去么?"

"若不拥挤,倒想耽搁几天。到那时再看了。"

"那里,一打仗① 就没有人来了。差不多关门了。"

"倒也奇怪。那么也许不好住宿呢。"

"不,你要住宿,他们总是留的。"

"旅馆只有一家吧。"

"嗳,您问问志保田家就知道了。这是村子里的大户人家,不知道是办温泉疗养所的,还是隐居人家。"

"这么说,没有客也不要紧的了。"

---

① 指一九〇四年的日俄战争。

"先生是初次来么？"

"不，很久以前来过一次。"

谈话一时中断了。翻开写生册，替刚才那两只鸡写生，这时叮当叮当的马铃声传到沉静的耳孔里。这声音自有节奏，在人心中形成一种曲调。宛如梦中听到邻家杵臼声。我停止了写生，在同页的上端写道：

惟然①耳边声，春风吹马铃。

自从登山以来，曾经遇到过五六匹马。凡所遇到的五六匹马，都束着兜肚，挂着铃铛。难以想到这是现今的马。

悠闲的马夫的歌声，忽然打破了暮春的空山行旅之梦。哀怨深处流露着欢乐的音韵，简直是画里的声音。

马歌过铃鹿②，春雨洒平芜。

---

① 广濑惟然是日本江户时代前期的俳句名家松尾芭蕉的门人。
② 铃鹿是今三重县和滋贺县境的山岳。

这回是斜写的。写好之后一看，才理会到这不是自己所作①。

"谁又来了？"老太婆半自语地说。

春山中只有一条道路，来往都得由此经过。最初我遇到的五六匹叮当叮当的马，都是曾经这老太婆想一想"谁又来了"然后下山，想一想"谁又来了"然后登山的吧。在这山路寂寥、春贯古今、厌花则无立足之地的小村里，这位老太婆是多年来数尽了叮当叮当之马，直到白头的今日吧！

马歌声咽处，白发对残春。

在第二页上写完了这两句，凝望着铅笔头想：这并没说尽我的感想，还得推敲一下。当我正在添上"白发"两字，加进"几经岁月"的意思，再安上"马夫歌"这个题目，放上春天的季候，设法凑成十七个字②的时候，真正的马夫已经站在门

---

① 此俳句乃漱石之友人正冈子规所作。
② 这里所举的诗句，都是俳句。俳句限定用十七个日本字，中译很难。现在姑且用两句七言诗或五言诗译出其大意。

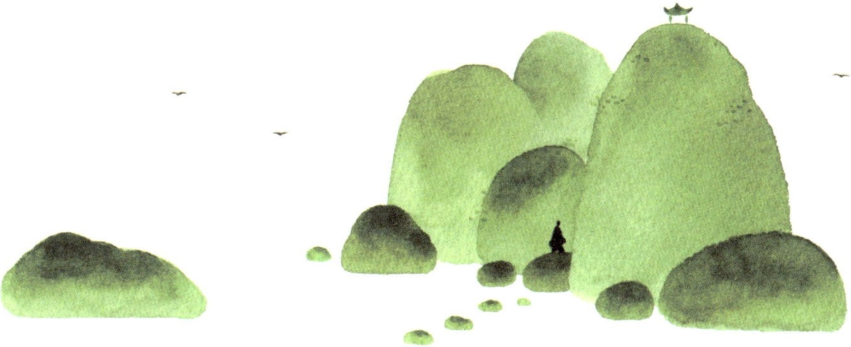

前,大声说:

"大妈,您好!"

"啊,源哥儿?又要进城吗?"

"您要买东西,我给您买。"

"对啦,倘使路过锻冶町,到灵岩寺替我女儿讨一张符来吧。"

"好,我去讨。一张够了?——秋姐儿嫁了好人家,享福了。对不对,大妈?"

"还好,现在没有什么。也可算是享福么?"

"当然算享福啰,大妈。同那古井那位小姐比比看!"

"真怪可怜的。那样标致的人。近来好些么?"

"哪里!还是那样。"

"真伤脑筋!"老太婆长吁了一口气。

"可不是吗!"源哥儿摸摸马的鼻子。

枝叶繁茂的山樱,花间叶上满含着高空中落下来的雨滴,经风吹弄,停留不得,都纷纷地离开了它们的暂居之处而翻落地上。马吃了一惊,上下摇动它们的长鬣。

"他妈的！"源哥儿的叱马声和叮当叮当声打破了我的冥想。

老太婆说："源哥儿，她出嫁时候的样子还在我眼前呢。身穿绣花长袖衫，梳着高岛田①头，骑着马……"

"对啦，是骑马的，不是坐船的。也是在这儿休息一下，大妈。"

"嗳，新娘的马停在那棵樱花树下的时候，樱花簌簌地掉下来，高岛田头上尽是斑斑斓斓的花瓣。"

我又翻开写生册。这情景既可入画，也可吟诗。我心中浮现出新娘的姿态，就想象当时的情状，很得意地写道：

樱花时节山前路，马上谁家新嫁娘。

可怪的是：衣裳、头发、马、樱花，都历历在目，只有新娘的面貌怎么也想不出来。想来想去，忽然想起了米蕾所绘的

---

① 高岛田是日本妇女结发样式之一。

奥菲莉亚①的面影，就把它安在高岛田头发下面了。一想，这可不行，连忙把画好的画面涂掉。衣裳、头发、马、樱花，刹那间都从我的构思里跑掉了，只有奥菲莉亚合掌漂流水上的姿态朦胧地留在心底。仿佛用棕榈帚来驱除烟气，难以净尽。心里有一种奇妙的感觉，好像天空中拖着尾巴的彗星。

"那么，再见了。"源哥儿说。

"回头再来吧。正赶上下雨，羊肠小道很难走吧？"

"是啊，有些吃力呢。"源哥儿说完走了。源哥儿的马也走了。发出叮当叮当的声音。

"他是那古井人么？"

"是啊，是那古井的源兵卫。"

"他用马送哪家的新娘子过山哪？"

"志保田家的小姐嫁到城里去的时候，小姐骑匹青马，源兵卫拉着缰绳打这里过。——时光真快，今年已经五年了。"

对镜始悲白发，可算是幸福之人。老太婆屈指方知五年流

---

① 米蕾（Millais）是十九世纪英国画家。奥菲莉亚是莎士比亚戏剧《哈姆雷特》中的女主角，是溺水而死的。

光有如轮转,也可说是近于神仙了!我这样回答:

"想必很漂亮吧。那时我来看看就好了。"

"哈哈哈哈,现在您也能看到。您到温泉场去,她一定出来招待您。"

"啊,现在她在娘家么?也是穿着绣花长袖衫、梳高岛田头才好呢。"

"您拜托她一下,她会打扮给您看的。"

我想未必吧。然而老太婆的态度却十分认真。非人情的旅行中没有这样的事情是没趣的。老太婆说:

"这小姐很像长良少女。"

"相貌吗?"

"不,是她的遭遇。"

"长良少女是什么人哪?"

"从前这村里有一个叫长良少女的、大户人家的标致姑娘。"

"噢。"

"可是有两个男人同时爱上了这位姑娘,先生!"

"真的？"

"姑娘白天黑夜发愁，不知嫁给这个男人好，还是嫁给那个男人好。最后一个也不嫁，唱着"'大地秋光冷，秋花淡不红；愿随花上露，消散逐秋风'这个歌，便投河死了。"

我没想到来这样的山村里听这样的老太婆用这样古雅的言语讲述这古雅的故事。

"从这里向东走五町，道旁有座五轮塔①，是长良少女的坟墓。您顺便去看看。"

我打定主意，要去看看。老太婆又继续说：

"那古井的小姐也有两个男人作怪。一个是小姐到京都求学的时候碰到的；另一个是城里的首富。"

"嗯，那么这小姐嫁给哪一个呢？"

"小姐自己一心要嫁给京都那一个，也许其中有种种缘故吧，可是两位老人硬把她许给了这边……"

"总算没投河就解决了。"

"不过——男方也是看上小姐标致才攀亲的，当然要看重

---

① 五轮塔是佛教建筑，由五块形式不同的石头堆积而成。

她了；可是小姐本是被迫成亲的，所以总是合不来。亲戚们都很担心。这回的战事一起，那位姑爷做事的银行倒闭了。小姐就又回到那古井。外人都说小姐心狠、无情无义，议论纷纷。她本来是很老实、很和气。可是源兵卫来的时候总说：她这程子脾气很暴躁，倒叫人有点儿担心……"

再听下去，就要破坏难得的兴致了。仿佛是正在成仙的时候有人来催索羽衣。冒着崎岖之险，好容易来到这里，若胡乱地被拖回俗界，就失去我飘然离家的初意了。闲谈家常如果超过了某种程度，尘世的臭气就要钻进毛孔，身体就污垢而不轻快了。

"老太太，到那古井只有一条路吧？"我把一个一角银币放在折椅上，就站起身来。

"到长良五轮塔向右拐，有一条六町左右的近路。路虽然不大好走，年轻人还是走这条路近些。——谢谢您给这么多茶钱——您慢慢走！"

三

昨晚觉得很奇怪。

到达旅店的时候已是夜里八点钟光景,房屋的样式、庭院的布置自不必说,连东西方向都辨别不清。曲曲折折绕了许多回廊似的路径,最后被领进一个六铺席的小房间。情况和我从前来时大不相同了。吃过晚餐,洗过澡,回到房间喝茶时,来了一个小姑娘,问我要不要铺床。

我所感到奇怪的是:到达旅店时引路,伺候晚餐,领我洗澡,铺床,都是这小姑娘一个人。这小姑娘很少讲话,然而并无乡下人习气。她身上束着朴素的红带子,拿着古风的纸烛,在又像走廊又像扶梯的地方转来转去;又束着同样的红带子,拿着同样的纸烛,在同样的又像走廊又像扶梯的地方几次上去下来,领我去洗澡的时候,我仿佛已置身于画图之中了。

她在伺候晚餐的时候对我说:因为近来没有客人,别的房间都不曾打扫,请在普通房间将就一下吧。她铺好了床,像成人似的说"请安歇吧",便出去了。她的足音从那些曲折的走廊下来渐渐远去的时候,到处寂静无声,好像人烟绝迹的样子。

这样的经验,我有生以来只有过一次。从前我曾从馆山出发经过房州,再从上总沿海步行到铫子。有一天晚上在某处投宿。这只能说是某处了。因为地名和旅店名现在都已完全忘记。首先,住的是否旅店,还是问题。只记得一所高大的宅子只有两个女人。我问她们可否借宿,年纪大些的说可以,年纪轻些的就领着我,我跟着她走过好几间荒凉的大屋子,来到最里边的一个低楼上。跨上三步楼梯,从走廊进屋的时候,晚风吹动檐下一丛倾斜的修竹,簌簌作响,从我的头和肩上拂过,使我感到一阵清凉。缘板已经腐朽。我说,来年竹笋穿通缘板,屋里将长满绿竹。那个年轻的女人一句话也不说,嗤嗤地笑着出去了。

这晚上那些竹子在枕边婆娑摇曳，使人不能成寐。推开格子窗，但见庭中一片草地，映着夏夜的明月；举目四顾，要不是有垣墙简直就一直连着广大的草山。草山那面便是大海，奔腾的巨浪正在汹涌地打过来威吓人世。我终于通夜不曾合眼，耐性地躺在阴阳怪气的蚊帐里，仿佛身在传奇小说之中。

此后我也曾作种种旅行。然而这样的感觉，在今夜投宿这那古井以前不曾有过。

仰面而卧，偶然睁眼一看，横楣上挂着一块朱漆框子的横额，蒙眬睡眼也能分明看出写着"竹影拂阶尘不动"几个字。落款是大彻，也看得很清楚。我是对书法毫无鉴识的人，然而平生爱好黄檗①的高泉和尚的笔致。隐元、即非、木庵②，虽都各有其长处，然而高泉的字最为苍劲雅驯。现在看到这七个字，觉得笔致和手法没有一处不是高泉。然而分明题着大彻，想必是另一个人吧。或许黄檗有一个名叫大彻的和尚，亦未可知。不过纸色很新，无论如何总是近今的东西。

---

① 此处指日本京都府宇治的黄檗山万福寺。
② 隐元、即非、木庵，均为我国明代黄檗山万福寺名僧，后至日本传教，于京都府宇治创建黄檗山万福寺。均精书法。

向旁一看,壁龛中挂着一幅若冲①的仙鹤图。我是以画家为职业的,所以一进这房间的时候就看出这是逸品。若冲的画大都色彩精致,这只仙鹤却是潇洒不拘的一笔画,一脚亭亭独立,载着卵形的躯体的姿态,甚得吾意,连长长的嘴上也流露着飘逸之趣。壁龛旁边不设吊棚,而邻接于普通的壁橱。壁橱里面有什么东西,不得而知。

沉沉入睡。做了一个梦:

长良少女穿着长袖衫子,骑着青马,越过山岭。突然两个男人跑了出来,向两面拉扯。她立刻变成了奥菲莉亚,爬上柳树,跳进河中,浮在水面唱着美丽的歌儿。我想救她,拿着长竿,向向岛方面追赶。这女子毫无苦痛之色,边笑边唱,顺流而下,不知所之。我扛着长竿,喂、喂地呼喊。

正在这时梦醒了。腋下淌着汗。好一个奇妙的雅俗混淆的梦啊!听说从前宋朝有位大慧禅师,悟道之后,万事无不从心所欲,只在梦中时生俗念,长期引为苦痛。不错,这确是实情。但是以文艺为生命的人,如果不做些美丽的梦,是不行

---

① 伊藤若冲是日本江户时代中期的元明风画家。

的。这样的梦境,大部分既不入画,又不成诗。我这样想着翻过身来,但见窗间已经照着月光,两三枝树影横斜地映着,真是清丽的春夜!

也许是心境使然,似乎听见有人低声歌唱。是梦里的歌声飘到人世?或是人世里的声音飘进了迢迢的梦境?我倾耳静听,确是有人在唱歌。声音固然既低且弱,但在这困人的春夜里,却轻轻地打动我的脉搏。更有不可思议之处:曲调且不说;细听词句,以为不是在我枕畔唱的,难以听出,然而却清楚地听到。反复地唱着长良少女之歌:

大地秋光冷,秋花淡不红;
愿随花上露,消散逐秋风。

这声音起初在屋檐近旁,渐渐微弱而远去了。突然中断的声音,给人以突然之感,而缺乏动人的情趣。听到毅然决然的声音,心中也会发生毅然决然之情。但是现在这声音并无明显的界限,而是自然地越来越弱,在不知不觉之间渐渐消沉,这时我的心也一分一秒地渐渐岑寂下来。好像濒死的病夫,将熄的灯火，给人一种即将毁灭之感。这恼人心魂的歌声真是集天下古今春恨之大成了。

我一直耐心地躺在床里听，歌声渐去渐远，我的耳朵明知受了诱惑，但总想追去。歌声越来越弱，仅能微微听得，仍愿跟随前去。后来我想，我无论怎样渴望，它不会反应到鼓膜上来。在这一刹那间我忍耐不住了，身不由主地钻出被窝，同时拉开了格子窗。这时月光斜射进来，照在我的膝下。单衣上也映着摇曳的树影。

拉开格子窗的时候，我没有注意到这样的情景：我按照方向寻找这声音，原来却在那边。一个朦胧的人影孤寂地沉浸在月光中，背向一丛花树，仿佛是海棠。我想，就是这个了——在还未确切意识到的瞬间，这黑影已经践着花影向右转去。隔壁的屋角遮住了这珊珊徐步的苗条女子的姿态。

我穿着一件借用的单衣，手扶格子窗，茫然若失；蓦地醒来，才觉得山乡春寒太甚。连忙回到刚才钻出的被窝里，仔细思量。从枕底下摸出怀表一看，已经一点十分。再把怀表塞在枕下，继续考虑。这未必是妖怪吧？如果不是妖怪，一定是人。如果是人，一定是女人。也许就是这家的小姐。嫁后大归的小姐，深更半夜来到山边的庭院里，有些不妥。我怎么也不能入睡。连枕底下的怀表也喋喋不休。我从来不曾注意到表的声音。但在今夜，它好像在催我想，又好像在劝我别睡。真真可恼。

可怕的东西，如果只看这可怕的东西本身的姿态，也能成为诗。凄惨的事情，如果离开自己，只当作单独的凄惨事情，也能成为画。失恋可做艺术作品题目，也完全如此。忘却失恋的苦痛，单单使那优雅之处、含有同情之处、充满忧愁之处，甚至于流露失恋的苦痛之处浮现在眼前，才能成为文学美术的材料。世间有制造莫须有的失恋，自寻烦恼，而贪其愉快的人。俗人评之为愚，评为癫狂。然而自己描出不幸的轮廓而乐于起卧其中，和自己刻画出乌有的山水以乐壶中天地，在获得艺术的立脚地的一点上，可说是完全相等。在这点上说来，世间许多艺术家（俗人则我不知）比俗人还愚，比俗人癫狂。我们穿着草鞋旅行的时候，一天到晚愤愤不平地诉苦；过后向人叙述游历经过的时候，一点没有不平的样子。有趣的事情和愉快的事情自不必说，即使是从前愤愤不平的事情，现在也谈得眉飞色舞，得意扬扬。这并不是有心自欺欺人。只因旅行的时候是俗人的心情，而叙述游历经过的时候已经是诗人的态度，因而发生这样的矛盾。如此看来，从四角的世界中去掉名为常识的一角而住在三角里的，便是所谓艺术家吧！

因此之故，无论自然，无论人事，在俗众辟易难近的地方，艺术家能发现无数的琳琅，获得无上的宝璐。俗称为美化。其实并非什么美化。绚烂的光彩，从古以来便赫然存于现象世界。只因一翳在眼，空花乱坠，只因俗累羁绊，牢不可破，只因荣辱得失，切身难忘，所以达纳在描绘火车之前不解火车之美，应举[①]在描写幽灵之前不知幽灵之美。

我刚才看见的人影，如果只是这样的现象，那么任何人看了，任何人听了，都会觉得富有诗意。孤村温泉，春宵花影，月下低吟，朦胧夜色——这些都是艺术家的好题目。眼前有此好题目，而我在这里却作无用的评议和多余的探索。上好的雅境里加进了乏味的理论，恶俗的气味损害了难得的风雅。如

---

① 圆山应举是日本江户时代后期的名画家，以写生著称。

此，就没有标榜非人情的价值。若不再加修养，就没有向人夸耀诗人、画家的资格。听说从前意大利的画家萨尔瓦多·洛札为了研究强盗，不顾自身的危险，加入山盗之群。我既怀着画册飘然出门，若无这样的决心，毋乃太惭愧了。

在这样的时候，怎样才能回到诗的立脚地呢？必须把自己的感觉的本体拿出来放在面前，从这感觉退后一步，确实地安定下来，像别人一般检查这感觉——必须造成这样的余地，方才济事。诗人有解剖自己尸体而把这病情公之于世的义务。方法虽有种种，但最简便最良好的，是随手取材，写成十七个字。十七个字是诗中最简便的形式，在洗脸的时候，在入厕的时候，在乘电车的时候，都容易作得出来。如果说：十七个字容易写成，就是认为诗人容易做；做诗人是一种灵机，因而容易——这样的轻蔑大可不必。我以为越是容易，就越有功德，反而应该尊重。譬如动怒，立刻把动怒这件事写成十七个字。在写成十七个字的时候，动怒的自己就变成了别人。动怒和吟俳句，不是一个人同时所为。又如流泪，把流泪写成十七个字，心中立刻就欢喜了。把流泪这件事组成十七个字的时候，苦痛的眼泪就从自己游离，自己就变成快活的人，仿佛在说：我是能哭的人。

这是我平生的主张。今夜我也想把这主张实行一下，就在被窝里把上述事件吟成种种俳句。作成之后倘不记录，必致遗忘，不很妥当。这是认真的修业，所以把写生册翻开，放在枕边。

"海棠含露笑，春色太轻狂。"最初写出这一首。试读一遍，虽无特别佳趣，但也没有不快之感。其次写的是："倩影依花影，朦胧春月中。"这里面季题重复了①。然而全不妨事，只要读起来稳妥流畅就好。其后又写："春夜朦胧月，狐仙化女身。"这像诙谐俳句，自己觉得可笑。

照这个格调，可以放心地作了，于是我高兴起来，把吟成的句子全部写上去：

夜半钗钿堕，春星落枕边。

---

① 俳句中关于季节的景物描写，叫作"季题"。一首俳句中，普通只能用一个季题。现在这俳句中"花影"和"春月"都是春的季题，所以就重复了。

> 兰汤新浴发，春夜湿云娇。
> 春宵歌一曲，脉脉不胜情。
> 月色溶溶夜，海棠化作妖。
> 春宵明月下，低唱独徘徊。
> 决意随春老，孤芳自赏时。

写着写着，不觉昏昏欲睡了。

我想，恍惚一词，正好用以形容此刻。熟睡之中，不知有己。清醒之际，不忘外界。在这两境之间，隔着轻纱般的幻境。说它是醒，则过于模糊；说它是睡，又嫌太有生气。这仿佛把醒睡两界盛在一只瓶里，而用诗歌的彩笔搅和时的状态。把自然界的色彩渲染近于梦幻，把整个宇宙推向云霞之乡。借睡魔之妖腕磨光一切实相，并把我滞钝的血脉通向这柔和的乾坤中。宛如匍匐地上的烟气，欲飞而不得飞，又好似自己的灵魂欲离躯体而又不忍离。欲去而又踟蹰，踟蹰而又欲去，结果魂之为物终难强留，而氤氲之气依依不散，萦绕四肢五体——这是一种依恋之情。

我如此逍遥在寤寐之境，入口处的纸裱门咂的一声拉开了。门开处忽然出现一个幻象似的女人影子。我既不吃惊，也不恐惧，只是泰然地望着。说是望，用词有些过火，其实是一个女人的幻影翩然地溜进我闭上的眼帘。这幻影姗姗走进房间。好似仙子凌波，席上肃静无声。我从闭上的眼帘观看世间，自难确切，但见一个肤白、发黑、后颈长长的女人。很像最近流行的渲染照相透过灯光时所见的样子。

这幻影站定在壁橱前面了。壁橱开了。雪白的胳臂从衣袖里伸出，在黑暗中隐约发亮。壁橱又关上了。铺席的平波自动地把这幻影渡送回去。入口处的纸裱门也自己关上了。我的睡意越来越浓。人在死后尚未转生为牛马的期间，大概就是这样的吧。

我在人马之间睡了多久，自己也不知道。听见耳边女人的嘻嘻的笑声，方才醒来。睁眼一看，夜幕早已揭起，大地上阳光普照。和煦的春晖照出圆窗上竹格子的黑影，使人觉得世界上似乎没有隐藏怪异的地方。神秘大概已经回到极乐净土，渡过冥河的彼岸去了。

穿着单衣，走下去洗澡，在浴池里浸了五分钟光景。既不想洗，也不想出来。首先想到的，是昨夜怎么会有那样的心情。天地以昼夜为界而颠倒过来，真是奇妙的事。

懒擦身体，草草了事，湿着就从水里站起身来，从里面打开浴室的门，又吃了一惊。

"您早！昨夜睡得好么？"

这话声差不多和开门同时听到。我全没料到这里有人，对于这两句迎头的寒暄话还没有来得及立刻回答，这时又听见说：

"请穿衣服。"

说过之后就转到我背后，把一件软绵绵的衣服披在我身上了。我好容易说了一声"多谢……"转过身来的时候，这女子向后退了两三步。

从来小说家总是竭力描写女主角的容貌。倘把古今东西品评佳人所用的言语列举起来，其数量恐怕可与《大藏经》相比。在这令人辟易的大量的形容词中，倘要选出最恰当的用语来描写和我相隔三步扭身而立、安详地斜睨着我的惊愕狼狈之相的那个女子，不知可以选出多少字眼！然而我有生三十余年，直到今日尚未看见过这样的表情。据美术家的评论，希腊雕刻的极致在于端肃二字。我想，端肃者，乃人的活力欲动未动时的姿态。如动起来，不知将怎样变化，变作风云或变作雷霆呢？在尚未分晓之际，有一种缥缈的余韵，因此它的含蓄之趣能传到百世之后。世间许多尊严和威仪，隐藏在这湛然的潜力之内，动时就会表现出来。一旦表现出来，无论是一，是二，是三，一定首尾毕露。无论是一，是二，是三，一定都有特殊的能力；然而既知是一，是二，是三，就无遗地显出拖水带泥的陋相，无法恢复本来的圆满之相了。是故凡名为动者，必定低劣。运庆①的金刚，北斋②的漫画，全都失败在这一"动"字上。动与静，乃是支配我们画家命运的大问题。古来形容美人，可说大都不出这两大范畴之内。

然而我看到这女子的表情，竟茫然不能判断属于哪一范畴

---

① 运庆是日本镰仓时代中期的佛像雕刻家。奈良东大寺南大门的金刚为其代表作。

② 葛饰北斋是日本江户时代末期的风俗画家，尤擅风景画。

了。她的嘴闭成"一"字,乃是静的。眼睛转动,可见秋毫。脸部下端肥大,成瓜子形,有丰满安详之相;但是额部狭隘局促,带着所谓富士额的俗气。不但如此,两眉逼近而微蹙,好像中间点着几滴薄荷一般。只有鼻子既不尖锐而失于轻薄,也不圆肥而失于迟钝,画出来大概是很美观的。这样,这个人的五官各有特点,纷陈杂沓地映入我的眼中,教我如何不茫然呢?

原该是静的大地,一角发生缺陷,全体就不期地动起来;后来发觉动是违背本性的,欲勉力恢复原来的状态;然而局势已经失却平衡,就不能自主地一直动到今天。现在就自暴自弃、不顾一切地动给人看——如果有这种神情,正好拿来形容这个女子。

因此这女子的表情,在轻蔑之中含有绻缱之色。表面上对人揶揄,内心里微露谨慎小心之相。如果逗能负气起来,一百个男子也不算一回事,而在这气势之下又不知不觉地涌出温和之情。这表情中完全没有一致,是悟和迷在一个屋子里一面争吵一面同居的状态;这女子脸上没有统一之感,便是她心中不统一的证据；心中不统一，大概是这女子的身世中没有统一之故吧。这是受着不幸的压迫而想战胜这不幸的脸。一定是一个薄命女子。

"多谢！"我重复了一句，施了个礼。

"呵呵，房间打扫了。请去看看吧。随后再见。"

说着就扭过身子，轻轻弯了弯腰，翩然地向走廊跑去了。头上梳着银杏返①，髻下露出雪白的衣领。黑缎子的腰带大概是单面的。

---

① 银杏返是日本妇女结发样式之一。

四

我茫然地回到房里一看,果然打扫得很干净了。因为有些不放心,为了仔细起见,打开壁橱看看。但见下面有一个小柜子;上面一条彩色的小带子垂下一半,可以想见这是有人来取衣物,匆匆取了就走的缘故。小带子的上部夹在华丽的衣裳中间,看不到另一端。一旁堆着几册书。最上面并排着一册白隐和尚的《远罗天釜》[①]和一册《伊势物语》[②]。我想,昨夜的幻象也许是事实。

无心地在垫子上坐下来,看见那本写生册挟着铅笔端正地

[①] 白隐和尚是日本江户时代的名僧,所著《远罗天釜》系叙述武士参禅等之作。
[②] 《伊势物语》是日本平安时代之作,以和歌为中心的恋爱故事。

躺在红木桌上。我就拿起来。想在早晨看看昨夜梦里信笔写成的诗句,到底怎样。

"海棠含露笑,春色太轻狂"的下面,不知谁写上了:"海棠含露笑,春色与朝鸦。"是用铅笔写的,字体不易辨认,说是女子笔迹则太硬,说是男人笔迹则太柔。接着我又吃一惊:"倩影依花影,朦胧春月中"下面添上了"倩影重花影,朦胧春月中"。"春夜朦胧月,狐仙化女身"底下写着"春夜朦胧月,王孙化女身"。是存心模仿,或是意欲修改?是卖弄风情,或是愚蠢无知?又或是揶揄作弄呢?我不觉歪转了头沉思起来。

她说随后再见,也许等一会儿吃饭的时候她会来的。如果来,情况就可明白些了。但现在是什么时候?看一看表,已经过了十一点钟。起得太迟了。正好吃午饭,对于胃倒有好处。

打开右边的格子窗,看看昨夜的风流余韵究竟在哪边。我所鉴定为海棠的,果然是海棠,但是庭院比我所估计的狭小。一片青苔地上埋着五六块踏步石,赤脚走大概是很舒服的。左面的山崖上有一株赤松从岩石中生出来,斜伸在庭院上面。海棠的后面是树丛，里面有一个大竹林，十丈的翠竹映着春日的阳光。右面被房屋遮住，不能看见。但从地势看来，斜坡的尽头一定是洗澡的地方。

山的尽处是岗，岗的尽处有一块约三町宽的平地，平地的尽处潜入海底，在一百多里之外又隆然高起，变成周围三十六里的摩耶岛。这是那古井的地势。这家温泉旅馆位在岗麓上紧靠着山崖，把断崖的景色一半围入院中，因此前面是楼，后面却是平房。从廊下垂下脚去，脚跟立刻可以碰到青苔。难怪昨晚上来下去爬了许多扶梯，原来这是一所特殊构造的屋子。

再打开左边的窗子。岩石上有天然凹进的一块地方，约有两张铺席大小，里面积满春水，映出山樱的倒影。两三株山白竹点缀在岩角上。稍远处有一道似乎是枸杞的树篱。树篱外面是从海滨上岗的坡道，不时听见人声。坡道那面逐渐向南下倾，长着橘树。谷的尽头又是一个大竹林，望去只看见白蒙蒙的一片。竹叶远望成白色，我在这时才知道。竹林上面是山，山上松树甚多，赭红色的树干中间露出五六步石阶，似乎伸手可接。大约是一个寺院。

推开入口处的纸裱门，走到廊檐下，看见栏杆弯曲成方形，照方向而论，本该望见中庭那面的海，可是那里却有一座正楼。凭栏望去，觉得我的房间也位在同样高度的楼上。浴室在地下，从浴室说来，我是住在三层楼上。

房子非常大，除了对面楼上的一间和我这里沿着栏杆右拐的一间以外，其余可称为客室的大都关闭着。至于住屋和厨房则不得而知了。客人除我之外，差不多完全没有。关闭的房间，白天也不开板门；开着的房间，似乎夜间也不关。这样看来，夜间连大门都不关，亦未可知。在非人情的旅行中，这真是一个出色的地方。

时候虽已将近十二点钟，却全无送午饭的样子。肚子渐渐饿起来，然而想起了身在"空山不见人"的诗中，少吃一顿亦无遗憾。作画太麻烦；想作俳句，但已进入俳句三昧，再作未免多事。想读书，挟在三脚凳里带来的两三册书也懒得解开。这样身上照着和煦的春晖，在窗前和花影一同起卧，正是天下之至乐。一考虑就堕入邪道。一动就危险。如果可能，连鼻子的呼吸也想停止。我希望像生根在铺席上的植物一般，一动不动地度送两个星期。

不久,听见廊下有脚步声,有人从下面一步一步地走上来。走近的时候,听见似乎是两个人。我以为这两人就要在纸裱门前站下,岂知其中一个一声不响,走回去了。门一开,我以为是今天早上看见的那个人,岂知仍是昨夜的小姑娘。不知怎的,觉得有些不满足。

"对不起,送得迟了。"说过之后放下食盘,关于不供早饭的理由,一句也没说。一碟烤鱼上点缀着一些青菜;揭开汤碗的盖来一看,嫩蕨中间有红白相间的虾沉在碗底。啊,好色彩!我向碗中注视。

"不喜欢么?"小女仆问。

"不,我就吃。"我这样说;然而实际上觉得吃了很可惜。我曾经在一册书中读到达纳的逸事:达纳曾在一个晚餐席上注视盛在碟子里的生菜,对旁边的人说:这是凉色,是我所用的色彩。我想把这虾和蕨的色彩给达纳看看。原来西洋的食物,色彩美观的一种也没有。有之,只有生菜和红萝卜吧。从滋养方面说,我不知道怎么样;但用画家的眼光看来,西菜是颇不发达的。至于日本的菜,无论汤菜、拼盘、生鱼片,都做得色彩非常美丽。坐在筵席面前,即使不挟一箸,看看就回去,在眼睛保养方面说来,已经充分得到上菜馆的效果了。

"你们这里有一个年轻的女人,是不是?"我放下饭碗问。

"是的。"

"那是谁?"

"是少奶奶。"

"另外还有老太太么?"

"去年过世了。"

"老爷呢?"

"老爷在家。那是老爷的女儿。"

"你说那个年轻的女人?"

"正是。"

"客人有没有?"

"没有。"

"只有我一个人?"

"正是。"

"少奶奶每天做些什么事情?"

"做针线……"

"还有呢?"

"弹三弦琴。"

这倒是意外的。我觉得很有意思,就再问:

"还有呢?"

"到寺院去。"小姑娘说。

这又是意外的。寺院和三弦琴很妙。

"去烧香?"

"不是,到和尚师父那里去。"

"和尚师父也会弹三弦琴么?"

"不。"

"那么去做什么呢?"

"到大彻师父那里去。"

对啦,所谓大彻,一定就是写这横额的人。从这文句推测,大约是个禅僧。壁橱里的《远罗天釜》,一定是这女子的所有物了。

"这房间平常是谁住的？"

"平常是少奶奶住的。"

"那么在昨天晚上我来以前，她是睡在这里的？"

"正是。"

"这真是对不起了。那么她到大彻师父那里去做什么呢？"

"我不知道。"

"还有……"

"什么？"

"还有，此外她还做些什么？"

"还有各种各样……"

"各种各样，什么事情呢？"

"我不知道。"

谈话到此为止。饭吃好了。小姑娘撤去食盘，把门拉开，隔着庭院中的树木，我望见对面楼上有一个梳银杏返的人手托香腮，凭栏下望，好像现身的杨柳观音一般。和今天早上不同，这是很静的姿态。大概是因为脸朝下，这里看不见眼睛的活动，所以样子大变了。古人说："存乎人者，莫良于眸子。"

真是"人焉廋哉"①。人身上比眼睛更灵活的东西是没有的了。在她静静地靠着的亚字栏杆下面,一双蝴蝶忽合忽离地飞舞上来。我的房间的门突然开了。这女子听见了开门的声音,眼光猛然离开蝴蝶,转向我这方面。视线犹如毒矢穿空,唐突地落在我的眉间。我心中一怔,小姑娘又哑的一声把门拉上了。留下的是极其岑寂的春天。

我又翻身躺下。心中忽然涌出这样的诗句:

Sadder than is the moon's lost light,
　Lost ere the kindling of dawn,
　To travellers journeying on,
　The shutting of thy fair face from my sight.

(行人举头望明月,未晓月明忽失色。我今失却汝娇容,心比行人更悲切。)假使我恋慕这个梳银杏返的人,粉身碎骨

---

① 《孟子·离娄》:"存乎人者,莫良于眸子。眸子不能掩其恶。胸中正,则眸子瞭焉;胸中不正,则眸子眊焉。听其言也,观其眸子,人焉廋哉!"

也要会见她,正在这时候看到了像现在那样的最后一瞥,又欢喜,又可惜,以至于销魂,那么我一定会把这样的意思吟成这样的诗。也许还要加上这么两句:

Might l look on thee in death,
With bliss l would yield my breath.

(娇容一见死无憾,会当含笑入黄泉。)幸而我已经通过了一般所谓恋慕、爱情的境界,即使要感到这种苦味,也不可能。然而现在刹那间所发生的事件的诗趣,在这五六行诗中已充分表现出来。我和银杏返的关系中,虽然没有这样难受的相思,然而把我们两人现在的关系放到这首诗中,也很有趣。或者,把这诗的意思拉到我们两人身上来解释,倒也愉快。因果的细丝使这诗里的一部分情形变成了事实而把我们两人联系在一起。因果的丝那么细,并不打紧。况且,这又非平常的丝。这是斜挂在天空中的虹丝,横曳在原野上的霞丝,露珠晶莹的蛛丝;割之则立刻断绝;望之则优雅绮丽。万一这根丝立刻粗起来,会变成井索那样坚牢!不,不会有这种危险。我是一个画家。对方也不是寻常的女子。

突然纸裱门开了。我躺着翻过身来向门口一看,因果对手的银杏返手里捧一个里面放着青瓷碟的盘子,站在门槛上。

"您还躺着?昨晚受累了吧。几次打扰您,呵呵呵呵。"她笑着,没有恐惧的样子,也没有隐讳的样子,怕羞的样子当然没有。只有先发制人的样子。

"今天早上多谢了。"我又道谢。一想,应酬话到现在已经说过三次。而三次都是多谢了三个字。

我想坐起来,那女子早已在我枕边坐下了。

"请躺着吧。躺着也可以谈话。"她爽朗地说。我想的确如此。就翻身伏下,两手支颚,两肘放在铺席上。

"我想您很寂寞,特来给您送茶。"

"多谢了。"又是一个多谢了。看看盘子里,放着很漂亮的羊羹①。我在一切点心中,最喜欢羊羹。并非特别喜欢吃,只因它的质地滑润致密,光线透过半透明体,看来竟是一个美术品。尤其是带青味的羊羹,好像玉和蜡石的混合体,使人看

---

① 羊羹是一种点心的名称,是水晶糕、冻糕、山楂糕之类的甜品。

了非常快适。不但如此，盛在青瓷碟里的青羊羹，鲜艳夺目，好像刚从青瓷里面长出来一般，我不禁想伸手去摸。西洋的点心中，给人这样快感的一种也没有。乳酪的色彩虽然有些柔和，但太沉郁。果浆初看好像宝石，然而颤抖不定，没有羊羹那么稳重。至于用白糖和牛乳做的五重塔，更不足道了。

"啊，真好看。"

"刚才源兵卫买来的。这样东西您爱吃吧。"

可知源兵卫昨晚住在城里。我不作什么回答，只是看着羊羹。是谁从哪里买来的，都没有关系。只要美丽，只要感到美丽，便十分满足了。

"这青瓷碟的形状好极了。色彩也美观。几乎不比羊羹逊色呢。"

这女子扑哧一笑，口角上微微露出轻视的神情。大概她认为我说的是俏皮话。不错，倘是俏皮话，的确应该轻视。智慧不足的人硬装俏皮，往往说这种话来。

"这是中国货么？"

"您说什么？"对方把青瓷碟完全不放在心上。

"实在像中国货。"我拿起碟子来看看底上。

"您倘使喜欢这种东西,再拿些给您看看,好不好?"

"好,给我看看。"

"我爸爸顶喜欢古董,家里有各种各样的东西。我可以告诉爸爸,几时请您去品茶。"

我听见品茶两字,有些胆怯。世间没有比茶人那样会装模作样的风雅人了。在广大的诗的世界里故意划出一个狭隘的小圈子,非常自尊、非常做作、非常拘束、毫无必要而鞠躬如也地呷些泡沫而自得其乐的人,便是所谓茶人。倘说这样烦琐的规则中有雅味,那么麻布①的仪仗兵队中雅味扑鼻,那些向右转、开步走的人物一定个个是大茶人了。那些贩夫走卒,完全没有趣味修养的人,不懂风雅,于是生吞活剥机械地遵守利休②以后的规则,以为这大概就是风雅了。其实这种做法反而亵渎了真正的风雅。

"你说的品茶,就是那种有一定规矩的喝茶么?"

---

① 东京麻布区驻有皇家仪仗兵队。
② 利休是千宗易的号,茶人。

"不，什么规矩也没有。如果您不喜欢，坐着不喝也没关系。"

"那么，就喝些也没关系。"

"呵呵呵呵。因为爸爸顶喜欢把器皿给人看……"

"不称赞不行的么？"

"他是老人家，称赞两句，他高兴些。"

"好，如果不必多，我就称赞两句吧。"

"请您务必多多称赞几句。"

"哈哈哈哈，你的话不是乡下话呢。"

"人是乡下人么？"

"人是乡下的好。"

"那我可体面了。"

"然而你在东京住过吧？"

"是的，住过。京都也住过。我是流浪的人，各处都住过。"

"这儿和京城，哪一边好？"

"一样的。"

"这样幽静的地方,反而舒服吧?"

"舒服也是这样,不舒服也是这样,在世界上,只看你心情怎样,什么地方都可以。在蚤虱的国度住厌了,迁到蚊虫的国度去,也毫无用处。"

"到蚤虱蚊虫都没有的国度去,就好了吧?"

"如果有这样的国度,就请拿出来看看。来,请您拿出来呀!"这女子紧紧逼上来了。

"你要看,我就拿出来给你看吧。"我拿起写生册来,画出一个女子骑在马上看山樱的神情——当然是顷刻之间一挥而就的,不成其为画,只是草草画出那种神情而已。

"喏,请到这里面去吧。蚤虱蚊虫都没有。"就把写生册送到她鼻子前面。不知她看了是吃惊呢还是难为情,但照这样子看来恐怕不会有什么苦痛吧,我这样想,窥视她的气色。

"咦,不自由的世界!不是只有一个横幅么?您喜欢这样的地方,真是一只螃蟹呢。"说完把写生册推开了。

"啊哈哈哈哈。"我笑起来。屋檐近处啼噪的黄莺,声音忽然停顿,飞移到远处的枝上去了。我们两人特地停止了谈话，倾耳听了一会儿。然而它一经啼损了嗓子，不容易立刻开口啼叫了。

"昨天您在山上遇见源兵卫了么？"

"嗯。"

"看见长良少女的五轮塔没有？"

"嗯。"

"大地秋光冷，秋花淡不红；愿随花上露，消散逐秋风。"她不加说明，也不按节奏，光是把歌词流畅地念出。不知为了什么。

"这支歌我在茶馆里听过。"

"是那老太太唱给您听的么？她本来是在我家做活的，当我还没出嫁的……"她说到这里，看看我的脸，我装作不知道的样子。

"当我还小的时候。她每次到这里来，总是把长良的故事讲给我听。只是歌词非常难记；听了许多遍，终于都背得出了。"

"对啊，的确困难。然而这真是一曲可怜的歌呢。"

"可怜么？教我做了她，不会唱这种歌。第一，投河自杀，岂不是无聊至极么？"

"不错，的确无聊。教你做了她，怎么办呢？"

"怎么办？那还用说么，把这个男人和那个男人都做男妾。"

"两个都要？"

"嗳。"

"真了不起！"

"并不是了不起，这是当然的呀！"

"不错，这样，蚊虫的国度和蚤虱的国度都可以不进去了。"

"即使不做蟹，也可以生活下去呢。"

一时被忘记了的黄莺，不知什么时候又恢复了元气，在那里"好——好求"地啼噪了；不时突然提高声音。试啼数次之后就很自然了。好像把身体颠倒过来，膨胀的咽喉也振动起来，小嘴像裂开一般：

"好——，好求——好——，好——求——。"

继续不断地叫着。

"这才是真正的歌。"这女子对我说。

带盐味的春风从温暖的海滨习习吹来,
懒洋洋地拂动剃头店的门帘。
斜着身子从帘下穿过的燕子的影像,
不时映在镜子里。

五

"请问,先生您也是东京人么?"

"你看我像东京人么?"

"像不像,我一看就知道——口音先听得出。"

"东京什么地方,你知道么?"

"什么地方么?东京地方大得厉害!——总不是商业区吧。大概是住宅区。住宅区的话,大概是曲町吧,是不是?要不然,是小石川?再不然,是牛达(同"迁",编者注)或者四谷吧?"

"对啊,你很熟悉呢。"

"嗳,我也是东京人呀!"

"怪不得很有气派。"

"嘿嘿嘿嘿。人到这个地步够可怜了!"

"为什么流落到这乡下地方来呢?"

"不错,先生说的是,真是流落!实在生活不下去了……"

"本来是剃头店老板么?"

"不是老板,是伙计。嗯?地方么?地方是在神田松永街。啊哟,猫脑门大的一条龌龊小巷!先生想必是不会知道的。那地方有一座桥,叫作龙闲桥。嗯?也不知道么?龙闲桥是座有名的桥呢。"

"喂,再擦些肥皂,好不好?痛得很,不行。"

"有点儿痛么?我急性子,一定要这么倒剃,非把髭须一根一根地从毛孔里掘出不可。——啊,现在的剃头司务哪里会这样!他们不是剃,简直是摸!再稍忍耐一下吧。"

"一直忍耐到现在了。拜托你,给我擦些热水或者肥皂吧。"

"受不了么?照理不会这样痛。实在是您这髭须留得太长啦。"

剃头司务的手本来狠狠揪住我的面皮，现在只得割爱地放了手，从架上取下一片薄薄的红肥皂，向水里一蘸，便拿过来在我脸上到处乱擦。肥皂擦脸是难得逢到的事。而且蘸这肥皂的水，大概已经放了好几天了。心里实在不敢领教。

既然是剃头店，那么我必须照一照镜子，这是顾客的权利。然而我早就准备放弃这权利。镜子这件东西，倘使造得不平，不能准确照出人的容貌，就不合情理。倘使挂着不平的镜子，而强迫人去照，这个强迫者简直就同拙劣的照相师一样，是故意损坏对方的容貌。铲除虚荣心，也许是修养上的一种办法。然而把实际上比你坏的相貌给你看，说这就是你——这样地侮辱人，倒也可以不必。现在我不得不忍耐地对着的镜子，的确是一直在侮辱我。脸向右转，满脸都是鼻子；向左转，嘴咧到耳边；仰起头好像正面望见的压扁了蛤蟆；俯下些，头就像老寿星那么长。在对着这镜子的期间，一个人非兼任各种怪物不可，这镜子里所映出的我的相貌没有美术味道，这一点即使可以容忍，然而这镜子本身，构造笨拙，色彩难看，水银脱落，光线斑驳，总而言之，是一件极丑陋的东西。譬如被一个小人谩骂一顿，谩骂本身并不使人感到什么痛痒，但是倘使强迫你在这小人面前起居坐卧，谁都感到不愉快。

何况这位剃头司务不是普通的剃头司务。起初我从外面望，看见他盘腿坐着，嘴里衔着一支长烟管，对着一面玩具的日英同盟国旗不断地喷烟气，显出没精打采的样子。及至后来我走进门，把头颅交给他的时候，我大吃一惊了：他刮胡子的时候，毫不留情地任意处理，使我怀疑这期间头颅的所有权到底是全部属于剃头司务之手呢，还是我也有份？即使我的头颅钉牢在肩上，这样一来也不能保持长久。

他挥动剃刀的时候，完全不懂得文明的法则。刮脸的时候嗤嗤作响。剃鬓毛的时候动脉蹦蹦直跳。利刃在腮边闪耀的时候，好像踏着霜棱一般发出奇怪的声音。但是他本人以日本第一的理发师自任。

再说，他是喝醉了。每叫一声先生，有一股奇怪的气味。他常常把一种异样的瓦斯吹进我的鼻孔里来。我常常怕他弄错了把剃刀东闯西撞。这个使用剃刀的人既然没有明确的计划，把脸交给他的我就无法推测了。我已经把自己的脸全部托付他，所以打定主意：如果小小受伤，决不诉苦；然而忽然变了念头：如果切断了我的喉管，可了不得。

"擦肥皂剃，我不习惯。不过先生的髭须真难剃，没有办法。"剃头司务说着，把光溜溜的肥皂向架上一扔。肥皂却不听他的命令，落到了地上。

"先生，我似乎不大看到您呢。您大概是新近到这儿来的吧？"

"两三天以前来的。"

"噢，住在哪里？"

"住在志保田家。"

"噢，是那儿的客人么？我想大概是这样的。我也实在一向蒙这位老太爷的照顾呢。喏，这位老太爷住在东京的时候，我住在他的附近，所以认识。这个人很好，通达事理。去年老太太死了，现在专在那里弄古董。他的东西都是很名贵的，卖起来值一大笔钱呢。"

"他有一个很漂亮的小姐，是不是？"

"真危险。"

"什么？"

"什么，在先生您面前说说不要紧：她是离了婚回娘家来的呀！"

"哦！"

"事情没有这么简单。她本来是可以不回来的呀。银行倒闭了，不能够再挥霍了，她就回娘家来。这是不通情理的。老太爷在这里的时候，当然没有什么；倘使一朝有了三长两短，这局面就僵了！"

"这倒是真的。"

"当然啰。老家里的哥哥同她感情不好的。"

"有老家的么？"

"老家在高地上。您可以去玩玩。那地方风景很好呢。"

"喂，再擦点肥皂，好不好？又痛起来了。"

"您的胡子真会痛。是胡子太硬的缘故。先生的胡子非三天一刮不可。我刮您还嫌痛，到别处刮更要痛呢。"

"那么以后就是三天一刮吧。每天来刮也可以。"

"您预备耽搁这么久久？危险！还是不要吧。没有好处的。

碰得运气不好，受累不浅呢。"

"怎么呢？"

"先生，那位姑娘样子虽然好看，其实是个疯子呢。"

"为什么？"

"为什么，先生，村子里的人都说她是疯子呢。"

"恐怕是弄错了吧。"

"哪里！有证据的！您别多住下去，危险的。"

"我不怕。有什么证据呢？"

"说起来要笑。且慢，您抽一支烟再说。头要洗么？"

"头不必洗吧。"

"光是把头垢弄干净？"

剃头司务就把蓄满污垢的十个指爪老实不客气地并排在我的头盖骨上，开始毫无顾虑地向前后猛烈运动。这每个指爪划开黑发的根部，来来往往，好像巨人的铁耙疾风一般迅速地通过不毛之地。我的头上不知道长着几十万根头发；剃头司务狠命地在我头上搔着，我觉得所有的头发都连根掉落，整个头皮条条肿起，余势通过头盖骨，一直震荡到脑浆里。

"怎么样？很舒服吧！"

"好厉害！"

"嗯？这样一来，谁都觉得痛快呢。"

"脑袋几乎掉下来了。"

"这样疲倦么？完全是天气的关系。春天这家伙一到，教人疲倦得要命。再抽一支烟吧。一个人住在志保田家，寂寞得很。请过来谈谈天。老东京一定要碰到老东京的同乡，说话才能投机。怎么样，那位小姐还出来招待么？完全是一个头脑不清的女人，真没办法。"

"先讲小姐，弄得头垢乱飞，脑袋几乎掉下来了！"

"不错，讲起劲来，简直是讲不完的。——于是乎那个和尚着迷了……"

"和尚？哪一个和尚？"

"观海寺的库房和尚呀。"

"不管库房和尚还是住持和尚，和尚的事你还没有讲起过。"

"唉，我太性急了，不行。这是一个相貌威严而贪色的和尚。先生，这和尚着迷了，后来写了一封情书给她。且慢，是口说的吧？不对，是情书。的确是情书。这么一来，事情就古怪了。嗯，是这样的，确是这样的。后来，这家伙吓了一跳……"

"谁吓了一跳？"

"那女人呀。"

"那女人收到了情书，吓了一跳？"

"吓了一跳，倒是个好女人了。她并没有吓呀。"

"那么谁吓了一跳？"

"口说的那个人呀。"

"你说不是口说的呢！"

"啊，我太性急，讲错了。是收到了情书呀。"

"那么，还不是那个女人么？"

"不，是那个男人呀。"

"是男人，那么是那个和尚？"

"对啊，是那个和尚呀。"

"和尚为什么吓了一跳呢？"

"为什么,这和尚和老和尚在佛堂里念经,那个女人突然跑了进来,啊唷……真是疯子!"

"跑进来怎么样呢?"

"她说你这样爱我,我们就在菩萨面前一同睡觉吧。突然紧紧搂住了泰安和尚的脖子呀。"

"哈哈。"

"泰安可慌张了。他写情书给这个疯子,招来了意想不到的丢脸,这天晚上就偷偷地逃走,去寻死了。"

"死了?"

"想必是死了。活不下去了。"

"这倒难说。"

"不错,对方是个疯子,死了犯不着,说不定还活在那里。"

"这话非常有趣。"

"别说有趣不有趣,村里的人当作一件大笑话呢。不过她本人根本是发疯的,所以不知羞耻,满不在乎。——哪里,像先生您这样稳重,一点也不要紧;不过对方是这样的人,若过分同她开玩笑,发生了什么事情,倒是不得了的。"

"那么我倒要当心点了,哈哈哈哈。"

带盐味的春风从温暖的海滨习习吹来,懒洋洋地拂动剃头店的门帘。斜着身子从帘下穿过的燕子的影像,不时映在镜子里。对面人家有一个六十来岁的老翁蹲在檐下,默默地剥着贝壳。每当小刀轧轧地一响,一块红色的肉落进竹篓里。那些贝壳闪闪发光,穿过二尺多高的白虹般的水蒸气。贝壳堆积如山,不知是牡蛎壳、马珂贝壳,还是马刀贝壳。有几处塌了下来,落入砂川的水底,离开尘世而埋葬在黑暗的国度里了。埋葬之后,新的贝壳很快地又堆积在柳荫之下。这老翁无暇考虑贝壳的去处,只管把空的贝壳抛向白虹般的水蒸气中。他的竹篓似乎无底,他的春天似乎是无边的闲静。

砂川横在一座一丈来长的小桥下面,春水流向海边。我疑心:春水和海会合的地方,几丈高参差地晒着的渔网,把微温的腥气从网眼里送进吹向村里的软风中。在这些渔网之间,望见蠕蠕蠢动仿佛破刀的东西,这便是海色。

这景色和这剃头司务,很不调和。倘使这剃头司务的性情强烈，给我以和四边风光相抗衡的印象，那么我站在两者之间，一定颇有圆枘方凿之感。幸而这剃头司务不是那样伟大的豪杰。无论是怎样的老东京，无论怎样谈锋锐利，到底和这浑然骀荡的天地的大气象不相协调。鼓簧弄舌，尽情地破坏这情调的剃头司务，早已化作微尘而消散在这怡然的春光中了。所谓矛盾的现象，必须在能力、数量、心情或肉体上都是冰炭不能相容而又位在同等程度上的事情或人物上，才可以看到。两者的距离极度悬隔的时候，这矛盾也许会逐渐支离破灭，反而变成了大势力的一部分而活动。才子会变成大人物的手足而活动，庸人会变成才子的股肱而活动，牛马会变成庸人的心腹而活动，便是这个缘故。现在我的剃头司务，正是以无限的春色为背景而表演一种滑稽剧。他本该是破坏长闲的春色的，却反而使它更丰富了。我仿佛在暮春三月和那无愁的弥次[①]在一起似的。这个极廉价的气焰家，是同充满太平气象的春日最调和的一种色彩。

---

① 弥次，指十返舍一九所作滑稽小说《东海道徒步旅行记》的主人公之一滑稽人物弥次郎兵卫。

这样一想,便觉这个剃头司务也是很可入画、很可入诗的人;我本来早可回去了,特地多坐一会儿,和他海阔天空地闲谈。忽然一个小和尚头从门帘底下钻了进来:

"对不起,给我剃个头。"

这个人身穿一件白棉布衣服,系着同样料的圆筒带,上面披一件像蚊帐一般粗糙的法衣,是一个很活泼的小和尚。

"了念和尚,怎么样?上次在外面耽搁了时光,吃老和尚骂吧?"

"没有,他称赞我。"

"他差你出去办事,你在半路上捉鱼,他还称赞你,说了念真能干,是不是?"

"师父称赞我,说'了念不像个小孩子,很会玩,真能干'。"

"难怪你头上全是瘤子。这样七高八低的头,剃起来真吃力,要不得!今天饶了你,下回把你的头重新捏造过再来吧。"

"重新捏造,就要到再高明一点的剃头店里去啦。"

"哈哈哈哈,脑袋坑坑洼洼,嘴可能说会道。"

"你的手艺不强，酒倒很会喝。"

"混账！你说我的手艺不强？……"

"不是我说的，是师父说的。你不要这样动火。年纪这么大了，不配的。"

"哼，真是胡闹——喂，先生！"

"嗳？"

"和尚们在很高的石阶上面清闲自在，嘴自然能说会道了。连这个小和尚都口气很大呢。——喂，头向后靠一靠！叫你向后靠呀！你不听话，我就砍你一刀！可要出血呢！"

"你这样乱搞，痛得很呢！"

"这一点都忍不住，怎么能做和尚？"

"和尚已经做成了。"

"还算不得。——喂，小和尚，那个泰安和尚怎么死的？"

"泰安和尚并没死。"

"结果没死？应该是死了吧。"

"泰安和尚从那天以后发愤起来，到陆前的大梅寺去修行了。现在大概已经变作善知识了。这是一件好事。"

"有什么好？无论什么和尚，夜里逃走总不是好事。你也得小心，因为坏事总是为了女人。——说起女人，那个女疯子还是常到老和尚那里去么？"

"我没听说过女疯子。"

"你这个不懂事的烧火和尚！我问你她去不去。"

"女疯子没有来，志保田家的小姐是来的。"

"光靠和尚祈祷，无论如何病不会好。这完全是以前的丈夫在那里作怪。"

"那位小姐是一个了不起的女人，师父常常称赞她。"

"一上石阶，什么事情都颠倒了。真不得了！无论老和尚怎么说，疯子还是疯子！——好，剃好了。快点走，去挨老和尚骂吧。"

"不，再玩一会儿，好让他称赞我。"

"随便你吧。你这嘴不让人的小鬼！"

"呸，你这个干屎橛！"

"你说什么？"

青色的头已经钻出门帘，逍遥在春风中了。

我两手托着下颚坐着，
我的心像我所住的房间一样空洞；
春风也就不招自来，
不留自去了。

六

　　傍晚独坐在小桌面前。格子窗和房门都开着。这里住宿的人不多，房子又很宽广。我所住的房间，和很少几个人活动的地方隔着几曲走廊，因此全无一点人声来打扰思索。今天更加寂静。主人、女儿、女仆、男仆，似乎都在不知不觉之间把我一人留在这里而退避了。所谓退避，不是退避到普通的地方，是退避到霞之国、云之国里去了吧。我想，或者他们是乘桴浮海，舵也懒得把，听其所止地向云水不分的地方漂流，漂到了白帆与云水难于分辨的境域，结果退避到了帆和云水全无差别的很远的地方吧。不然，他们是突然消失在春光里，过去的四大现在变成了眼睛看不见的灵氛，借显微镜之力来向广大的天地之间寻找，也找不出一点残留的痕迹吧。或者，化作了云雀，叫尽了菜花的金黄色之后，飞往深紫色的暧䴰的暮云中去了，亦未可知。或者，化作了花虻，辛辛苦苦地送尽了悠长的春日，吸尽了凝结在花芯中的甘露之后，隐伏在落花的山茶树下甜蜜地长眠了，亦未可知。总而言之寂静极了。

春风空自吹过空洞的房子，既不是对欢迎者的感谢，也不是对拒绝者的埋怨。它自去自来，完全是公平的宇宙的意志。我两手托着下颚坐着，我的心像我所住的房间一样空洞；春风也就不招自来，不留自去了。

想起了脚踏着的是地，会担心它裂开来；想起了头戴着的是天，会怕闪电击碎天灵骨。如不和人相争，一分钟也不能存在——尘世逼人如此，所以人生不免现世之苦。住在有东西之分的天地中而走着利害得失之路，你所爱的，正是你的仇敌。眼睛看得见的财富是粪土。争名夺誉，犹如狡猾的蜜蜂看见了甘蜜，而舍弃自己的针刺。所谓欢乐，都是执着于物而生的，所以含有一切苦痛。只有诗人和画客，才能充分咀嚼这相对世界的精华，而会得彻骨的清趣。餐霞饮露，品紫评红，至死不悔。他们的欢乐是不执着于物的，而是与物同化的。完全变成了物的时候，找遍了茫茫天地之间，也找不到建立此我之余地，于是自在地抛开俗虑，盛无限青岚于破笠之中。我之所以特地想出这境界，并非好高立异，欲以恫吓市井铜臭儿，只是陈述此中福音，借以招徕有缘众生而已。质言之，所谓诗境，所谓画界，都是人人具备之道。即使是阅尽春秋、白首呻吟之徒，当他回顾一生，顺次检点荣枯盛衰的时候，他的臭皮囊中一定也会发出微光，浑忘自身，为感兴而拍手叫绝吧。倘说不会，这人便是没有生活价值的人。

然而仅就二事，仅化作一物，不能称为诗人的感兴。例如有时化作一瓣花，有时化作一双蝴蝶，或者像威至威士①那样化作一团水仙花，心神荡漾于微风中，是常有的事。然而另有一种状态：有时我的心被不知不识的四周风光所占夺，而不能明了地意识到占夺我心的是什么东西。有的人说，这是接触着天地的耿气。有的人说，这是在灵台方寸中听取无弦的琴。又

---

① 威至威士，指 William Wordsworth，1770—1850，现通译作华兹华斯，英国浪漫诗人。夏目漱石学生时代便很喜欢这位诗人，《水仙》是他的诗作。

有的人也许要这样地形容：因为难知难解，所以回旋于无限之域，彷徨于缥缈之衢。无论怎样说法，都是各人的自由。我靠在红木桌上时的浑然的心情状态，正是如此。

我明明是一点事情也不思考，又的确是一点东西也没看见。我的意识舞台上没有表出明显的色彩而活动着的东西，所以我不能说是与某物同化。然而我动着，也不是在世界里面动，也不是在世界外面动，只是不知不识地动着。既不是为花而动，也不是为鸟而动，更不是为人而动，只是恍恍惚惚地动着。

倘使强要我说明，我要这样说：我的心只和春一同动着。我要这样说：把所有的春色、春风、春景、春声合在一起，炼成仙丹，再把它溶解在蓬莱的灵液中，蒸发在桃源的日光中，使它变成精气，在不知不觉之间沁入我的毛孔，我的心就不知不觉地完全饱和了。普通的同化都有刺激。有了刺激，就有愉快之感。我的同化呢，因为不知道和什么东西同化，所以毫无刺激。因为没有刺激，所以有一种窈然难于名状的乐趣。这情况和掀风作浪、轻薄骚扰者不同。这可比方作在深不可测的底里从大陆动向大陆的汪洋的沧海的光景。虽然没有沧海那样的活力,却反而有幸福之感。对于伟大活力的发现,不免担心这活力有告罄的时候。而恒常的姿态中并没有这种悬念。我现在心中的状态,比恒常更淡,不但没有活力告罄之忧,并且脱却恒常的心的无可无不可的凡境。所谓淡,只是难于捉摸的意思,并不含有过弱之忧。诗人所谓冲融,所谓淡荡,最适切地道破了这境地。

我想:用画来表现这境地,怎么样呢?然而我确定用普通的画是决不成功的。世俗所称为画者,只不过是眼前人事风光的原有的姿态,或者是这姿态漉过我的审美之眼而被移写于画绢上的东西。人们以为花只要像花,水只要像水,人物只要像人物地表现,画的能事就完毕了。然而倘能由此更进一步,就可在我所看到的物象上添加我所感到的情趣而在画布上淋漓生动地描写。把某种特殊的感兴寄托在自己所捉住的森罗现象中,便是这种艺术家的意图。所以他们认为倘不把自己对物象的观感明了地发挥在笔端,不能称为作画。我自己对某种事物作某种看法,有某种感想;这种看法和感想都不依附在前人的篱下，都不受古来传说的支配，而能表现最正确最美丽的观感——若非这样的作品，不敢称为我自己的创作。

这两种制作家，也许有主客深浅之区别；但在有待于明了的外界刺激始能下手的一点上，双方是共通的。然而现在我所想画的题目，并不那么分明。我是鼓舞所有的一切感觉而在心外觅得这画题的，所以形状的或方或圆和色彩的或红或绿自不必说，就是阴影的浓淡和线条的粗细，也难于看出。我的感觉不是从外来的；即使是从外来的，也不是存在于我视界中的一定的景物，所以不能明白地指出缘由来告诉人。我所感到的只是一种心情。怎样表现这心情，才能成为一幅画？不，借何种具体事物来表现这心情，庶几能够获得观者的首肯？这是问题。

普通的画，虽然没有情感，只要有物象，就成功了。第二种画，只要物象和感情并存，就成功了。至于这第三种画，因为存在的只有心情，所以必须选择切合于这心情的对象。然而这对象不是容易找到的。即使找到了，也不是容易构成画的。即使构成了，说不定和存在于自然界的景物完全异趣。因此普通人看了，不能承认它是一幅画。即使作这幅画的本人，也不承认它是自然界的局部的再现，只要能够传达几分当时的心情，表现几分惝恍的生趣，就认为大成功了。从古以来，有没有在这困难事业上收获全功的画家，不得而知。倘要指出能在某种程度上染指此流派的作风，其唯文与可[①]的画竹吧。其次，是云谷[②]门下的山水。等而下之，还有大雅堂[③]的风景，芜村的人物。至于泰西的画家，大都着眼于具象世界，大多数人不能倾倒于神往的气韵，因此有几人能在此种笔墨上传达神韵，不得而知。

可惜雪舟[④]、芜村等所努力表出的一种气韵，过于单纯，又过于缺乏变化。就笔力而言，此等大家确是高不可及；然而我现在所欲画出的心情，却比他们的稍稍复杂。正因为复杂，故难将此心情收在一幅画中。我两手不再支颐，两臂相抱伏在

---

① 文同，字与可，是我国宋朝画家，以画竹著名。
② 云谷等颜是日本桃山时代的画家。云谷派之祖，以雪舟为法。
③ 大雅堂是池大雅的号。日本江户时代南宗画的大家。
④ 雪舟，即小田等杨，日本室町时代后期的画僧。曾来中国学佛及水墨画。为日本水墨画的中心人物。

桌上，仔细思索，还是想不出来。必须在形状、色彩、明暗布置成就的时候好像自己的心忽然认识了自己，不禁叫出"唉，原来在此！"好比找寻久别的亲生子，跑遍了六十余州而空手还乡；正在寤寐不忘之间，忽然有一天在十字街头偶然碰见，在迅雷不及掩耳的瞬间叫道："啊，原来在此！"——必须这样才行。这是难能的。但能如此，别人看了无论怎样说，都不在乎。即使被骂为不是画，也不怨恨。但求色彩配合能代表此心情之一部分，线条构成能传达此心情之若干分，全体布局能在某程度内显示此种风韵，那么形状所表出的是牛也好，是马也好，甚至非牛非马也好，什么都好。什么都好，然而画不出来。我把写生册放在桌上，两眼盯着它，仔细考虑，然而一无所得。

我放下铅笔，想道：要把这样抽象的情趣描成绘画，到底是错误的。人究竟不是相差很多的，故在多数人之中，一定也有人怀着和我同样的感兴，而设法用某种手段来把这感兴永久化。既然有人设法，那么这手段是什么呢？

忽然"音乐"两个字赫然映入我的眼中。对啊，音乐正是

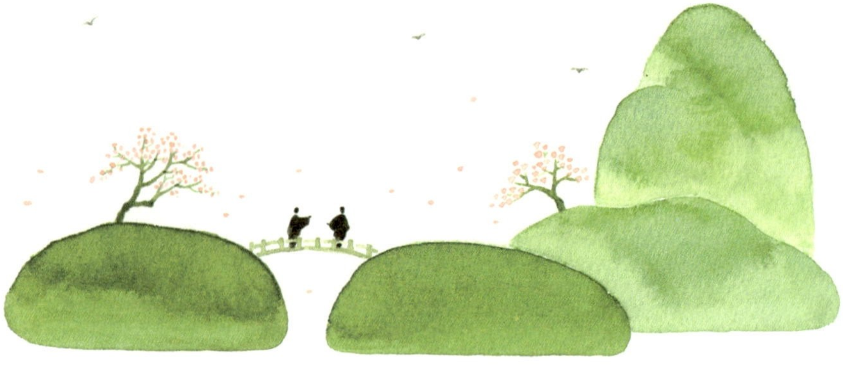

在这种时候为这种必要所逼迫而产生的自然之声。音乐是应该学、应该听的，现在我才注意到；但不幸得很，我在这方面完全是外行。

其次，我踏进第三个领域去看：把它写成诗行不行呢？记得有一个叫作莱辛①的人，他认为：以时间经过为条件而发生的事件，是诗的领域；他认为诗和画根本两样而不相一致。这样看来，现在我所企图发表的境界，到底是诗所不能表现的。在我感到欢喜时的心理状态中，也许含有时间经过；然而没有可以随着时间经过而次第展开的事件内容。我并不是为了甲去乙来、乙灭丙生而感到欢喜。我从当初就是窈然地把握了同一瞬间的情趣而感到欢喜的。既然是把握同一瞬间的，那么翻译为普通言语的时候，就没有在时间上安排材料的必要，还是只要同绘画一样在空间中配置景物就好了。问题只在于把怎样的情景取入诗中而写出这廓然无所依附的情况；既经把握了这一点，即使不依照莱辛的说法，也可以成为一首诗。荷马怎么

---

① 莱辛（Gotthold Ephraim Lessing）是十八世纪德国戏剧家及诗人。

样,味吉尔①怎么样,都可以不管。我想:如果诗是适宜于表现一种心境的,那么即使不借助于受时间限制而顺次进展的事件,只要单纯地具备空间的绘画的要点,这心境也可以用言语来写出。

议论无论怎样都可以。我大概已经忘记了《拉奥孔》②之类的书,所以仔细检点起来,也许我这方面有些不妥。总之,画是作不成了,想作作诗看,就把铅笔对准写生册上,把身体向前后摇摆。满望铅笔尖运动起来,然而它一动也不动。好比一时忘记了朋友的姓名,这姓名就在咽喉边,然而急切说不出来。这时候心中念头一断,这个难于出口的姓名终于沉到腹底去了。

调葛粉汤的时候,最初筷子的动作疙疙瘩瘩,不能得心应手。忍耐了一会儿,渐渐有了黏性,就觉得搅的时候筷头上重起来了。不管它重,一刻不停地搅着,到后来就搅不动了。结果锅子里的葛粉就不需你去捞取,会争着附到筷子上来。作诗

---

① 味吉尔(Virgil)是公元前一世纪的罗马诗人。
②《拉奥孔》(*Laokoon*)是莱辛的艺术论集。

正是如此。

没有端绪的铅笔微微地动起来,渐渐得势,过了二三十分钟,写出了六句:

> 青春二三月,愁随芳草长。
> 闲花落空庭,素琴横虚堂。
> 蟏蛸挂不动,篆烟绕竹梁。①

试读一遍,都是可以作画的句子。我想,早知如此,当初就作画好了。但不知什么缘故,觉得作诗比作画容易。作到了这里,以下似乎没有什么大困难了。我想在下面咏出绘画所不能表现的情况。反复思索之后,终于写成了:

> 独坐无只语,方寸认微光。
> 人间徒多事,此境孰可忘。
> 会得一日静,正知百年忙。

---

① 都是汉诗,这里照样抄录,并非翻译。

遐怀寄何处，缅邈白云乡。①

再从头读一遍，觉得有点趣味；然而说它是描写我刚才所体验的神境，终觉得索然不足。我想乘便再作一首。握着铅笔，无意中举目向门口一望，看见一个窈窕的人影在打开的门的三尺阔的空间中倏忽闪过。真怪呀！

我抬起头来看门口的时候，这艳丽的人影已经一半被门遮住了。然而在我没有看到以前，这人影似乎已经在那里动，我注意的时候已经过去了。我放弃了诗，看着门口。

不到一分钟，那人影又从反对的方向出现了。在对面楼上的走廊里，一个长袖女郎默默无声地步行着。我手里的铅笔不觉掉落，鼻子里刚吸进的一口气也屏在胸中。

春阴时时刻刻地湿起来，天色向晚，就要下雨的样子。在栏杆边悠闲地走去、悠闲地走来的长袖倩影，和我隔着一个三四丈宽阔的庭院，在迷离的空气中飘然地出现，飘然地消失着。

---

① 都是汉诗，这里照样抄录，并非翻译。

这女子一句话也不说，眼睛也不向旁边看。她静悄悄地步行着，连衣裾声也听不见一点。腰以下的衣裾上的彩色花纹什么颜色，太远了，看不清楚。只看见素地和花纹之间模模糊糊，仿佛夜和昼的境界。这女子原是在夜和昼的境界上步行。

她穿着这长袖服装准备在长廊中来往多少次，我不知道。她从几时开始穿了这不可思议的服装而作这不可思议的散步，我不知道。至于她的用意何在，我当然不知道。这人影这样端正、这样静肃、这样安详地反复着全然不可知道的行动，而在门口忽隐忽现，忽现忽隐，使我发生一种异样的感觉。倘说这行动是诉说春去之恨，为什么这样地漫不经心？倘说是漫不经心的行动，为什么打扮得这样艳丽？

在门外的春日傍晚的缥缈朦胧的暮色中，她的衣带特别触目，大概是织金吧。这鲜丽的织物往还于苍茫的暮色之中，正在向幽阒辽阔的彼方逐渐消逝，很像黎明前的灿烂的春星逐渐陷入紫色的太空深处。

太玄之门自动敞开，要把这艳丽的娇姿吸入幽冥之府的时候，我发生了这样的感觉：穿着这套服装，正宜在画屏银烛之间欢度千金一刻的春宵，现在却毫无怨色、绝不计较地逐渐离开这色相世界而去，在某一点上看来是超自然的情景。通过了越来越黑的暮色望去，似乎觉得这女子全无焦灼狼狈之色，一直在同一地方用同一步调从容地徘徊着。倘使她不知道将有切身的灾难，可谓天真之极。倘使知道而不当作灾难，那是凄惨之至了。大概她知道黑暗之处是她的本宅，这昙花一现的幻影应该收回到原来的冥漠中去，所以装着这样闲静的态度，而逍遥于若有若无之间吧。到了长袖衫华丽的花纹完全消失，而一切同归于尽的时候，便是她的本来面目了。

我还有这样的感想：一个美丽的人可爱地睡着，等不得醒觉，就在睡梦中与世长辞；这时候在枕边看护他的我们，心中一定很难过吧。如果百苦交加才死，在没有生的价值的本人自不必说，在旁边看护他的亲人恐怕也会觉得杀了他反而慈悲吧。然而倘是一个安静地睡着的孩子，他有什么该死的罪过呢？在他睡眠中带他到冥府去，犹之在他不提防死的期间攻其不备，突然结果一条可惜的性命。倘使决定要杀他了，那么总得让他知道不可逃避的命运，使他死心塌地，念几声佛。在应死的条件没有具备之前死的事实显然地确定起来的时候，旁人倘使还念得出南无阿弥陀佛和回向偈，那么，这便是硬用这念声来把一只脚已经跨进阴间的人唤回来。在从暂时的睡眠不知不觉地移向长眠的本人看来，也许认为唤他回来是无理地要他重尝正在解脱的烦恼，反而觉得苦痛；也许他在心中想道：大慈大悲！请不要唤我回来！让我安静地睡去吧！然而我们还是要唤他回来。我想，这女人倘再在门口出现，这回我要叫唤她，把她从梦幻中救出。然而一看到像梦一样通过这三尺阔的空间的人影，不知为什么又说不出话来。我下个决心这回一定叫她；然而这时她又倏忽走过了。我正想，我为什么一声不响呢？这时她又走过了。看她的样子似乎全没有注意到这里有人在窥视她，而且何等替她着急。不管你何等操心，不管你何等懊恼，她似乎根本没有理会我这个人。我想，这回一定叫她，这回一定叫她；这期间忍耐不住的层云已经洒下一天绵绵细雨，把这女子的倩影悄悄地收拾去了。

凄凉春夜，细雨无声。
只有檐前雨滴渐渐繁密的时候，
发出了滴答滴答的音响。

七

天冷。拿了毛巾,到下面去洗澡。

把衣服脱在三铺席的小房间里,走下四步石阶,来到八铺席大的浴室里。这地方大概出产石材,浴场底下都铺花岗石,中央凿出一个四尺来深的浴池,好像豆腐店里的汤槽。虽说像槽,但也是用石头砌成的。既然称为矿泉,想必含有各种成分;然而颜色透明,入浴的时候感觉快适。我不时把水含在嘴里,觉不出有什么特别的气味。听说这矿泉可以治病,然而我没有细问,不知道可治什么病。我本没有什么宿疾,并没想过它的实用价值。每次入浴时所想起的,只是白乐天的"温泉水滑洗凝脂"的诗句。我每逢听见温泉一词,必然感到这诗句所表现的愉快心情。我认为不能使人感到这种心情的温泉，完全没有温泉的价值。除这理想以外，我对温泉全无别的希望。

把身体浸下去，浸到胸口。不知泉水从哪里涌出，常常溢到槽边。春天的石头没有干的时刻，经常湿润，脚踏上去温暖舒适。凄凉春夜，细雨无声。只有檐前雨滴渐渐繁密的时候，发出了滴答滴答的音响。浴室里水汽漫天匝地，似乎只要有一点细小间隙便要钻出去的样子。

我这个无常的身体曾经寄托在秋雾凄凉、春云暧昧、炊烟缕缕、暮霭青青的广大的空间中，各种情景各有其趣，而春夜温泉的水汽别有风味：它温柔地圈着浴者的肌肤，使我疑心自己是古代人。它并不浓重地包围你，使得你张目不见一物，然而又不是打破一重薄纱就很容易看到自己是一个凡人那样的浅薄。似乎打破一重，打破两重，打破好几重，也不能从这水汽里钻出来，我好像被埋葬在从四面八方拥集来的温暖的霓虹之中。"醉酒"一词是有的，然而不曾听见过"醉烟"。即使有，也不能称作醉雾；说是醉霞，又稍嫌过火；只有在霭字上冠以春宵二字，方为妥当。

我把仰起的头搭在汤槽边上，在清澈的浴汤中把轻飘飘的身体努力漂向没有抵抗力的地方。我的魂魄像水母一般荡漾着。人在世上如果也有这样感觉，那真是快乐了。是非的锁打开了，执着的门闩拔掉了。任凭怎样，都不计较，在温泉中与温泉同化了。在流水中生活毫无苦痛。倘使灵魂都能流去，比做基督的门徒更为难得。不错，这样想来，土佐卫门①是风流的。记得斯文本②曾经在一首诗里描写一个女子在水底死去的欢喜。我平生所认为苦痛的、米蕾所画的奥菲莉亚，这样地观察起来也是非常美丽的。我以前一直怀疑他为什么选择这样不愉快的题材，现在一想，这的确也是可以入画的。浮在水面上，或者沉在水底里，或者若沉若浮，只要是毫无苦痛地流着的神情，一定是美的。两岸点缀着各色各样的花草，倘能同水的色彩、流着的人的脸色及衣服的颜色充分调和，一定可以成功一幅画。然而倘使流着的人的表情完全和颜悦色，这就近于神话或寓言了。画成痉挛苦闷之相，固然破坏了全幅画的精

---

① 日本古代有一个力士，名叫土佐卫门，身体白皙而肥大。东京人就用他来比拟溺死的人。东京方言称溺死者为土佐卫门。
② 斯文本（Swinburne）是十九世纪英国诗人。

神；然而画成丝毫没有痛苦，也不能写出人情。那么画成怎样的相貌才能成功呢？米蕾的奥菲莉亚也许是成功的；但他的精神是否和我的一样，还是疑问。米蕾是米蕾，我是我，我尽可用我的趣味来描绘一个风流的土佐卫门。然而我所理想的面容也不容易浮现到心头来。

我把身体漂在浴汤里，试作土佐卫门的赞词：

> 雨打则湿；霜降则冷；
> 泉壤之下，阴暗幽冥。
> 浮则波上，沉则波底，
> 春水溶溶，了无苦趣。

我低声诵读这赞词，漫然漂在水中，忽然听见不知什么地方传来三弦的声音。我被人称为美术家犹且惶恐；讲到关于这乐器的知识，实在见笑得很，管你移宫换羽，我的耳朵不大受什么影响。然而在这幽静的春夜中，雨声都能助兴，何况在这山村的浴场里把灵魂都漂漂在春天的温泉中，而不负责任地远听三弦声，岂非一大乐事！因为距离远，当然听不出唱的是什么歌，弹的是什么曲。但有一种情趣。从音色的稳定上推察，大概是京阪地方的盲官弹谣曲用的大三弦吧。

我童年时代，我家对面有一个酒馆，叫作万屋。这酒馆里有一位姑娘，叫作仓姐。这仓姐每当岑寂的春日的下午，总要练习谣曲。她一开始练习，我就走出庭中去听。我们的庭院前面有十坪多的茶田，客堂东首有三株松树并立着。这些松树的干周围约有一尺，三株相依，才形成富有趣致的姿态。我童年时代每逢看到这三株松树，心里总觉得很舒服。松树底下有一个生了锈的铁灯笼装在一块奇形的红石头上，无论什么时候望去，总像一个不通情理的顽固老头子巍然独坐的样子。我最喜欢看这铁灯笼。灯笼的前后，无名的春草从青苔地里长出来，不顾尘世的风色，自得其乐地欣欣向荣。我那时候总是向这草地里去找一处容膝之所，盘腿而坐。在这三株松树下面眺望着这灯笼，闻着这些草的香气，而远远地听赏仓姐的谣曲，是我当时的日课。

现在仓姐早已过了垂髫之年，恐怕已经把通达家事的脸抛露在账桌上了。她对夫婿是否融洽，不得而知。燕子是否年年归来衔泥,也不得而知。燕子和酒香,无论如何不能从我的想象上分离。

不知三株美好的松树是否无恙。铁灯笼一定已经损坏了。春草是否记得从前盘腿而坐的人呢?当时尚且默默无言,现在不会认识我吧。仓姐每天唱的"旅人身穿避露衣",我也记不清楚了。

三弦的声音不期地在我眼前展开了一幅全景。我站在可亲的过去面前,回到二十年前的往昔,完全变成了一个天真小儿的时候,浴室的门突然开了。

我想,有人来了,我的身体仍旧漂在水上,仅把视线转向门口。我的头搭在离门最远的汤槽边上,所以从门口走下槽来的石阶相隔两丈而斜映入我的眼中。然而我一点东西也没有看见,一时只听见绕檐的雨滴声。三弦声已经在不知什么时候停止了。

忽然石阶上有一种东西出现了。照明这个宽广的浴室的,只有一只小小的挂灯,所以隔着这距离望去,即使空气澄清,也难于辨别物象。何况水汽弥漫,像毛毛雨一样,是谁走进今宵这个模糊难辨的浴室里来,当然难于确定。跨下第一步,跨下第二步,不到灯光正面照着的时候,我不能说出这是男人还是女人。

但见黑黝黝的东西向下移动一步。踏着的石头看去像天鹅绒一般柔润,若凭脚声判断,不妨说这人是不动的。然而轮廓渐渐浮现出来。我是画家,对于人体的骨骼,视觉特别锐敏。当这莫名其妙的形象一点一点移动的时候,我就晓得除我而外又有一个女人进到这浴室里了。

我漂在水里有心无心地考虑着的时候,女人的影子早已全部出现在我眼前。弥漫的水汽每一滴都映着柔和的光线。在这淡红色的温暖的水汽的深处,女人的乌黑的头发像云雾一样缭绕,尽量伸直了身体站了起来。我看到这姿态的时候,脑子里的礼仪、规矩、风化等等全都消除,只觉得找到了一个美丽的画题。

且不说古代希腊的雕刻。我每次看到现代法国画家相依为命的裸体画,觉得显然有过分尽情写出露骨的肉体美的痕迹,因而缺乏气韵,——我一直认为这是一大憾事。然而每次看到的时候，只是笼统地评定它是下品；为什么是下品，却不知道。因为不得解答，一直烦闷到今天。若把肉体遮蔽，美就隐没了。如不遮蔽，就变成卑下。现今所谓裸体画，只是在不遮蔽的卑下这一点上用功夫。仅把剥脱衣裳的姿态照样画出，他们似乎还不满足，更要变本加厉非把裸体拿到衣冠世界来不可。他们忘记了穿衣裳是人之常态，而想把一切权能归于裸体。做到十分已经够了，他们一定要做到十二分，十五分，以至无穷，一味强烈地描出裸体之感。技巧达到极端的时候，强迫观者看，观者就鄙视。美的东西，倘使过分苦心苦思地力求其美，这美的东西往往反而减色。有一句处世格言"满招损"，就是这个意思。

无心和稚气表示余裕。余裕在画中、在诗中，以及在文章中都是必要条件。现代艺术的一大弊害，是"文明潮流"无理地驱使艺术之士，使他们到处作卑鄙龌龊的表现。裸体画正是一个好例。都会里有一种女人叫作艺伎，是以卖色媚人为业的。她们接见嫖客的时候，除了注意自己的姿色怎样映入对方的眼里以外，不能发挥任何表情。年年开幕的沙龙①的目录中，充满着类似这种艺伎的裸体美人。这些裸体美人不但一秒钟也不能忘记自己的裸体，并且全身筋肉使足劲头，拼命想把自己的裸体给观者看。

现在亭亭出现在我面前的姿态中，绝无此种卑鄙碍目的样子。倘若只是脱却了常人所穿的衣裳，这就已经堕入人界了。但现在的她是十分自然的，好似从云间唤出来的根本没有穿过衣裳、根本不知道有舞袖歌衫的原始人的姿态。

弥漫在浴室里的水汽，弥漫之后又不绝地涌上来。使得这盏春灯变成半透明；在整个浴室的动摇不定的虹霓世界中朦胧地显成黑色的头发就模糊起来；雪白的身体从云雾之下渐次浮现出来。试看这轮廓线：

项颈部分，从左右双方轻轻地向里弯进，毫不费力地向两方分开，斜斜地描出两肩；再在肩头缓缓地打个弯，然后向下直到手部，分作五根手指。隆起的乳房以下暂成波状而弯进，

---

① 沙龙（Salon）是巴黎每年开一次的美术展览会的名称。沙龙原文是客厅之意。因为这展览会最初是在富贵之家的客厅里开的，故沿用这名称。

又圆滑地突出来，妥帖地描出丰满的下腹。涨势向后，在势尽之处分开，为了保持平衡，稍向前倾。到了膝部，一直向下，蜿蜒地达到脚踵，变成水平的脚底，一切纠葛就在这里结束。世间没有这样错综复杂的配合，也没有这样调和统一的配合。这样自然、这样柔和、这样少抵抗、这样不费力的轮廓线，世上决不能找到。

然而这姿态不是像普通的裸体一般露骨地突出在我眼前的。只是在一种幽玄的灵氛中依稀看到，但觉圆满具足的美隐约地闪现在眼前而已。好比点片鳞于淋漓泼墨之间，使人在纸笔之外想象虬龙的奇姿，用艺术的眼光看来，空气、暧昧、神情都充分具备，无可批评。把六六三十六片龙鳞一一仔细描写，是可笑的画法；可知赤裸裸的肉体必须远看，才有神往的余韵。我眺望这轮廓时，把它看作逃出月宫的嫦娥被彩虹这个追捕者包围时踌躇着的姿态。

这轮廓渐次变白而浮现出来。我想：如果再进一步，可怜这嫦娥就要堕落尘世了。正在这刹那间，绿云似的头发像戏水灵龟的尾巴一般飘动起来，雪白的身子冲出涡卷的烟雾飞上石阶。只听"呵呵呵呵"尖锐的女人笑声在廊下响出,就离开幽静的浴场而渐渐远去了。我骨碌地含进一口泉水,站在汤槽里。动荡的水波没到我的胸前。溢出槽边的温泉沙沙地响。

如果在这冷冽而润泽的表面上呵一口气，
大概会立刻凝成一朵云彩来吧。

八

主人请我喝茶。同座有一个僧人,是观海寺里的和尚,名叫大彻。还有一个俗家人,是一个二十四五岁的青年。

老翁的房间位在我的房间的走廊右端向左转弯的尽头处。约有六铺席大小。中央放着一张很大的紫檀桌子,因此比想象的狭窄。他请我坐,我一看,铺的不是坐垫,却是一条花毯,当然是中国制的。花毯中央有一个六角形的框子,框子里织出奇妙的亭台楼阁和奇妙的杨柳树。周围是近于铁色的蓝地子,四只角上是装饰着兰草花样的茶花图案。这花毯在中国是不是客间里用的,不得而知;然而这样铺起来,当作坐垫用,倒很有趣。印度的花布和波斯的壁帷,好处在于古拙;这花毯则趣味在于大方。不仅花毯而已,凡是中国的器什,都有这特色。这只有戆直而气度悠闲的人种才能创造出来。这种东西令人看了感到一种尊严之趣。日本人用扒手的态度制造美术品。西洋的东西大而精细,处处不脱俗气,毫无可取。我这样想,然后就席。那个青年和我并坐,占了半条花毯。

和尚坐在一张虎皮上。虎的尾巴通过我的膝旁,虎头铺在老翁的臀部底下。老翁头顶光秃,而白须丛生,好像把头上的毛发统统拔下移植在两颊和下巴上一般。他仔细地把茶托上的茶碗并排在桌子上。

"好久不见了,今天家里有一位客人,就邀大家来喝茶……"老翁向和尚说。

"啊,多谢多谢!我也好久不来拜访了,这两天正想要来呢。"和尚说。这和尚约近六十岁,面孔团团,好像简笔的达摩像。看来平时和老翁很亲近。他问:

"这位是客人么?"

老翁点点头,同时拿一把红泥的小茶壶,把带绿的琥珀色玉液在每一个茶碗里滴两三点。一股清香之气轻轻飘进我的鼻孔里。

"一个人在这乡下地方，很寂寞吧？"和尚就同我讲话了。

"嗳嗳，"我说了一句不得要领的答语。如果回答他说寂寞，变成说谎。如果回答他说不寂寞，就需要很长的解释。

"哪里，老法师。这位先生是来画画的，所以很忙呢。"

"啊，原来如此！那很好。也是南宗派么？"

"不是。"这回我明确地回答了。但说西洋画，恐怕这和尚未必懂得。

"不是，是西洋画。"老翁以主人的身份，代我回答了下半句。

"啊啊，是洋画么？那么就是久一君搞的那种画么？我最近初次看到，画得很漂亮呢！"

"哪里！画得不行。"青年到这时候才开口。

"你请老法师看过了么？"老翁问青年。从说话上看来，从态度上看来，大概他们是亲人。

"不，不是特地请老法师看的，我在镜池上写生的时候被他看到了。"

"噢！——来，茶已经倒好了，请喝一杯！"老翁把茶碗放在每个人面前。茶的分量不过三四滴，而茶碗很大。青灰色的地子上，画满暗红和淡黄色的花纹，不知是画，还是图案，还是画的鬼脸，看不清楚，画得并不好。

"这是奎兵卫[①]的作品。"老翁简单地解释。

"这倒很有意思。"我也简单地称赞。

"奎兵卫的作品假的很多，这是真的。请看看碗底上，有款识呢。"

我拿起茶碗，向着格子窗看。格子窗上暖洋洋地映着盆栽兰叶的影子。我弯过头来，仔细一瞧，看见奎字很小。款识在鉴赏上并非那么重要；但是爱好者很注意这一点。我未放下茶碗，就把它拿到嘴边。用舌尖一滴一滴地品尝这甘而且浓、温度适中的琼浆，乃是闲人的韵事。普通人都以为茶是喝的，这就错了。应该把茶放在舌尖上，让它清香四散，几乎不往下咽，只是一种馥郁的气息从食道沁入胃中。倘用牙齿，那就卑鄙了。水则太轻，玉露则太浓，这是一种脱却淡水的境地而不

[①] 奎兵卫是日本古代有名的瓷器制作者。

使口颚感到疲劳的柔和而良好的饮料。倘使有人诉苦说吃了茶睡不着,我要劝他:即使不睡也该吃茶。

这期间老翁拿出一只青玉的果盘来。大块玉石,雕斫得如此之薄,形状也很正确,我觉得这匠人的手艺实在可惊。拿起一照,春天的光影射进整个玉盘中,大有一经照射,无路可以逃出之感。这玉盘里最好什么东西也不盛。

"客人赞赏青瓷,所以我今天拿一点出来看看。"

"什么青瓷?噢,就是那只果盘么?那个东西我也喜欢。——请教先生,西洋画可以画纸裱门么?如果可以,我倒想请您画呢。"

要画,也并非不可;但不知这和尚能否中意。如果特地辛辛苦苦替他画了,他倒说西洋画要不得,岂非白白辛苦么?

"画纸裱门不相宜吧。"

"恐怕是不相宜的。像最近久一君画的那种画,也许太华丽了些。"

"我的要不得。那完全是玩玩的。"青年一味谦逊,表示难为情的样子。

"刚才说的那个什么池,在什么地方?"我为仔细起见,向青年探问。

"在观海寺里面的山谷里,是一个幽静的地方。——我是因为在学校里的时候学过画,所以无聊起来拿它来玩玩罢了。"

"观海寺在……"

"观海寺就是我住的地方。这地方很好,望下去海景全部在目。——您在这里耽搁的期间,哪天请过来玩玩。很近,从这里去不过五六町路。喏,从那边的走廊上可以望见寺院前的石阶。"

"哪天我来打扰,好不好?"

"当然欢迎。我总在家。这里的小姐也常常来。——说起小姐,今天那美小姐为什么不见?她到哪里去了,老先生?"

"不知道跑到哪里去了。久一,有没有到你那里去?"

"没有,没看见她来。"

"大概又是一个人去散步了。哈哈哈哈。那美小姐很能走路。前几天我为了佛事到砺并去,走到姿见桥旁边,望见一个人很像那美小姐,一看果然是她。她把衣裾掖在腰里,脚上穿着一双草鞋,看见了我就说:'老法师慢吞吞地到哪里去?'我倒吓了一跳,哈哈哈哈。我就问她:'你这样打扮,到底是到哪里去?'她说:'我去采芹菜回来,送一点给老法师吧,'就急忙把带泥的芹菜往我的袖子里塞,哈哈哈哈哈。"

"真是……"老翁苦笑一下,立刻站起来说,"这件东西倒要请您看看呢。"话头又转向器皿上去了。

老翁恭恭敬敬地从紫檀书架上取下一只花缎制的旧袋,里面装着沉甸甸的东西。

"老法师,这件东西您看见过么?"

"什么东西?"

"砚台。"

"噢,什么样的砚台?"

"据说是山阳珍藏的……"

"这倒不曾见过。"

"盖子是春水[1]换的……"

---

[1] 赖山阳之父名春水,儒者。其叔杏坪,汉诗人。

"这倒不曾见过。让我看看。"

老翁郑重其事地解开这花缎袋的口,一块暗红色的方形石头露出棱角来。

"颜色真好!是端溪石么?"

"是端溪石,有九个鸲鹆眼①。"

"有九个?"和尚大为感动的样子。

"这是春水换的盖子。"老翁把一个罩绫子的薄盖给他看,盖上有春水写的七言绝句。

"对啦,春水写得好。不过书法还是杏坪擅长。"

"到底杏坪擅长。"

"山阳的书法最差。虽是个才子,总归带些俗气,实在没有意思。"

"哈哈哈哈,老法师不喜欢山阳,所以今天揭去了山阳的立轴,另挂了一幅。"

"真的么?"和尚转过头去。壁龛下面打扫得同镜子一样,

---

① 鸲鹆眼是石上的圆形斑点,如鸲鹆之眼,故名。宋苏易简著《文房四谱》云:"端溪石为砚至妙,山绝顶者尤润,如猪肝色者佳。其贮水处有白、赤、黄色点者,世谓之鸲鹆眼。"

放着一个擦得很光亮的古铜瓶,瓶里插着两尺高的木兰花。立轴用有暗光的古代织金精裱,是徂徕①写的大条幅。这条幅不是绢的;字的工拙姑且不谈,但因年代稍远,所以纸色和四围的织金极其调和。织金如果是新的,倒也没有什么可贵;而这色彩褪落,金线垂折,华丽之气消失,古朴之趣盎然,所以恰到好处。雪白的象牙画轴在焦茶色的土墙上特别醒目,两轴中间供着那瓶木兰。整个壁龛的情趣过于静穆,反有阴森之感。

"是徂徕的么?"和尚转过头来说。

"恐怕徂徕也不是您顶喜欢的,可是我想比山阳好些。"

"徂徕是高明得多了。享保年间的学者的字虽然拙劣,但是自有其品格。"

"'若广泽②为日本之书法能手,则我乃汉人之拙者'——这话是徂徕说的吧,老法师。"

"我不知道。总之不是那么漂亮的字,哈哈哈哈。"

"请问老法师,您是学哪一家的?"

---

① 荻生徂徕是日本江户时代中期的儒者。
② 细井广泽是日本江户时代中期的儒者,书法学文徵明。

"我么？我们禅僧书也不读，字也不习，唉！"

"然而您总是学过哪一家的吧。"

"年轻的时候略微学过高泉的字。就是这样。不过人家要我写，我总是写给他们。哈哈哈哈。倒是您那个端溪砚得让我看一看。"和尚催促老翁说。

缎袋终于拿掉了。一座的视线全都集中砚台上。这砚台厚约二寸，比普通砚台厚一倍。长六寸，阔四寸，和普通砚台相仿。盖子是用磨成鳞形的松树皮做的，上面用朱漆写着两个认不得的字。

"这个盖子，"老翁说，"这个盖子不是一个普通的盖子，您看来固然是松树皮，但是……"

老翁说着，眼睛向我看。然而这松树皮的盖子无论有什么来历，我这个画工也不很以为然，于是回答说：

"松树皮的盖子有些俗气呢。"

老翁不置可否，只是举起手来，继续说：

"如果只是一个松树皮的盖子，就不免俗气；但是您知道这盖子是怎么样的？是山阳住在广岛的时候剥下院子里的松树的皮来亲手制成的！"

我想：不错，山阳是俗气的人，就不客气地反驳说：

"横竖自己做，不妨做得更质朴些。特地弄成这样鳞形，磨得光光的，大可不必。"

"哈哈哈哈，的确如此。这个盖子似乎没什么价值。"和尚忽然赞成我的意见了。

青年抱歉似的看看老翁的脸。老翁微有不快之色，拿开了盖子。盖子下面出现了砚台本身。

如果说这砚台有惹人注目的特异之点，那便是砚台表面所显示的、匠人的雕工。正中央有怀表大的一块圆形地方没有刻去，其高度和四周的边相仿，这表示蜘蛛的背部。从中央向四方弯弯曲曲伸出八只脚来，每只脚的尖端抱着一个鸲鹆眼。其余一个鸲鹆眼生在蜘蛛背部的中央，仿佛挤得出黄汁似的。除了背、脚、边之外，其余地方都刻进一寸多深。积墨的地方恐怕不是这些深沟吧。即使倒下一合水去，也不能充满这些深沟。想来大约是用银勺从水盂里舀一滴水倒在蜘蛛背上，用贵重的墨来磨的吧。不然，名叫砚台，实际不过是一件纯粹的文房装饰品。

老翁垂涎欲滴地说：

"请看这色泽和这眼！"

的确，色泽越看越好。如果在这冷冽而润泽的表面上呵一口气，大概会立刻凝成一朵云彩来吧。特别可惊的是那些眼的色彩。而眼和地相交的地方，色彩次第改变，什么时候改变的，我的眼睛简直受了欺骗，竟看不出来。形容起来，好比一粒芸豆嵌在紫色蒸羊羹里所透出来的色彩。鸲鹆眼有一两个，已经非常可贵。现在有九个恐怕是盖世无双了。而且这九个眼排列整齐，距离相等，几乎使人误认为人工塑造出来的。这的确非赞许为天下之珍品不可。

"的确好！不但看看心里舒服，用手摸摸也很愉快。"我说着就把砚台递给身旁的青年。

"久一懂这种东西吗？"老翁笑着问他。久一稍显出自卑的样子，断然地说："不懂。"但是把不懂的砚台放在自己面前看，大概他觉得不妥，所以又拿起来还我。我再仔细抚摸了一会儿，便恭恭敬敬地交还禅师。禅师把它放在掌上，仔细观察之后，似乎还不满足，又用他的灰布衣袖狠狠摩擦蜘蛛的背部，频频赏玩擦出光亮的地方。

"老先生，这颜色真好。用过没有？"

"没有，不想轻易使用，还是买来时候那样。"

"正该如此。这样的东西在中国也是稀罕的呢，老先生！"

"对啊。"

"我也想要一个。拜托久一君吧。怎么样？你能不能替我买一个？"

"嘿嘿嘿嘿。恐怕他没找到砚台，人已经死了！"

"你的确顾不得砚台了。到底几时动身？"

"两三天内就要动身。"

"老先生，您送他到吉田么？"

"要是平常的话，我年纪大了，不一定送；不过这次也许不能再见，所以想去送他。"

"伯伯不要送我！"

这青年原来是老翁的侄儿，难怪有些相像。

"哪里！要他送的好。若是坐船，并不吃力。老先生，

- 125 -

对么?"

"对啊。爬山倒有些吃力。坐船的话,即使路远些也……"

这回青年并不推辞,只是默默不语。

"到中国去么?"我探问他。

"嗳嗳。"

嗳嗳这两个字似乎有点不够;但是没有追究的必要,也就不再问了。一看格子窗上,兰花的影子已经变更了位置。

"我告诉您,还不是为了这次的战争。他本来是志愿兵,所以现在要召集了。"

老翁代替了本人,把这个不日出征满洲战场的青年的命运讲给我听。在这梦一般的、诗一般的春天的山村中,若以为只有啼鸟、落花和涌出的温泉那就错了。现实世界会超山越海闯进这平家①后裔所住的古老的孤村里来。染遍朔北旷野的血潮,其中的几万分之一,也许有一天会从这青年的动脉里迸出。也许从这青年腰间的长剑的尖端上,会迸出烟气来。现在这青年却坐在一个除了梦想之外无人生价值可言的画家身旁。

---

① 平家是日本古代氏族的名称。

坐得很近，倾听时连他胸中心脏跳动都可听出。在这跳动之中，说不定现在已经响着席卷百里平野的高潮。命运只是骤然使两人聚在一堂，别的事情一点也不说。

天上的星渐次增多了。
缓缓地动荡的海水不溅泡沫。

九

"您在用功么？"那女子说。这时我刚回到房间里，把缚在三脚凳上的书抽一本出来，正在阅读。

"请进来！一点也不妨。"

女子毫不客气地大摇大摆地走了进来。朴素的衬领里鲜明地露出秀丽的脖颈。她坐在我面前的时候，这脖颈和这衬领的对照最先映入我的眼中。

"是西洋书么？内容很难懂吧。"

"哪里！"

"那么写着些什么呢？"

"呃，实在我也不大明白。"

"呵呵呵呵，您还这样用功……"

"不是用功。不过是把它放在桌上，这么一翻，就在翻开的地方随便读读罢了。"

"这样，有趣味么？"

"这样很有趣味。"

"为什么呢？"

"你说为什么，因为小说之类的东西，这样读才有趣味。"

"您很奇怪呢。"

"嗳，有点儿奇怪。"

"从头读为什么不好呢？"

"非从头读不可，就变成非读完不可了。"

"这理论真奇妙！读完岂不是好么？"

"当然没有什么不好。如果想知道它的情节，我也这么办。"

"不想知道它的情节，那么想知道甚么呢？除了情节以外难道还有想知道的东西么？"

我觉得她终不脱女子气。就想试验她一下看。

"你喜欢小说么?"

"我么?"她停顿一下,含糊地回答说,"当然喜欢的。"看来是不很喜欢的。

"喜欢不喜欢,自己也不知道,是不是?"

"小说这种东西,读不读……"她眼睛里仿佛不承认小说的存在。

"那么,不论从头读起,或从末了读起,翻到哪里就随便读读,不是都可以么?那就用不着像你那样认为奇怪了。"

"您和我是不同的。"

"什么地方不同呢?"我盯住女子的眼睛看。我想,试验就在于此。但是女子的眸子一动也不动。

"呵呵呵呵,您不懂么?"

"年轻的时候读得很多吧。"我不再向前直进,稍稍转了个弯。

"现在也还觉得年轻呢,真可怜!"好比一只鹰,一放手就要飞掉,真是一刻也不能疏忽。

"能在男人面前讲这样的话,已经年纪大了。"我好容易把话头拉回来。

"您说这话,不是年纪也很大了么?这么大年纪,对于那些恋呀,爱呀,相思呀,也还感兴味么?"

"嗳嗳,感兴味的,到死还是感兴味的。"

"啊啊是了!因为这样,所以才能做画家吧。"

"一点也不错。因为是画家,所以读小说没有从头读到尾的必要。随便什么地方,读起来都有趣味。和你谈话也有趣味。在这里耽搁的期间,我想每天和你谈话呢。爱上了你也好。那样就更有趣了。然而无论怎样爱,没有和你做夫妻的必要。爱上了必须做夫妻,就好比读小说必须从头读到尾一样。"

"这样说来,搞不近人情的恋爱的是画家。"

"不是不近人情的恋爱,是非人情的恋爱。读小说也是非人情的,所以情节怎么样,都不计较。就像抽签似的把书翻开,翻到什么地方就漫然地读下去,很有趣味。"

"的确很有趣味。那么请您把刚才读的讲些给我听听。因为我想知道怎样有趣味。"

"讲是不行的。譬如一幅画,讲起来一点也不好听,对不对?"

"呵呵呵呵,那么,请您读给我听。"

"用英语读么?"

"不,用日本语读。"

"用日本语来读英语,有些吃力呢。"

"不吃力,不吃力,非人情呀!"

我想这也是一种兴趣,就答允了她的要求,把这册书用日本语一句一句地读出来。倘使世界上有非人情的读书法,现在的正是。听的女子当然也是非人情地听的。

"爱情的风从女人那里吹过来。从声音里、从眼睛里、从肌肤里吹过来。由男人扶着走到船头上去的女人,是为了要眺望夕暮的威尼斯呢,还是为了要使扶着她的男人的血通电到她的脉管中?——这是非人情的读法,所以随随便便,也许有些脱落的地方。"

"很好很好,随您喜欢,加一些进去也不妨。"

"女人和男人并排靠在船舷上。两人的距离比风吹起来的帽带更窄。女人和男人一同向威尼斯告别。威尼斯的道奇殿堂正像第二个日没一般变成淡红色而消逝……"

"道奇是什么?"

"随便什么都不妨。是从前统治威尼斯的一个人的名字。不知经过多少年代了。他的殿堂到现在还留存在威尼斯。"

"那么这个男人和这个女人是谁呢?"

"是谁,我也不知道。就因为这样,所以有趣味。他们以前的关系无论怎样都好。只要像你和我现在这样在一起,只讲这刹那间的情况,所以有趣味。"

"这样的么?好像是在船里呢。"

"船里也好,山上也好,由他写吧。倘使查问为什么,那就变成侦探了。"

"呵呵呵呵,那么我不问吧。"

"普通的小说,都是侦探发明的呢!因为没有非人情的地方,所以一点趣味也没有。"

"那么,请您继续非人情吧。后来怎样?"

"威尼斯渐渐消沉了,渐渐消沉了,变成了天空中的一根淡色的线。线断了，变成了点。灰白色的天空中处处立着圆柱。终于最高的钟楼消沉了。女人说：消沉了。离去威尼斯的女人的心，好比飞行在天空中的风一般自由。然而隐没了的威尼斯，使得这必须重新回来的女人心中感到一种羁绁的苦痛。男人和女人都向黑暗的海湾方面注视。天上的星渐次增多了。缓缓地动荡的海水不溅泡沫。男人握住女人的手，似乎觉得握住了一根震响未息的弦……"

"这似乎不是十分非人情的吧。"

"你要非人情地听才好。不过你如果不喜欢，我可以稍微省略些。"

"哪里！我是不在乎的。"

"我比你更不在乎。——下面，嗯，有点儿困难了。翻译起来……不，读起来有点困难。"

"倘使读起来困难，就省略了吧。"

"好，就随便些吧。——女人说：只此一夜。男人问：一夜么？只此一夜，太无情了；要继续几夜才好。"

"是女人说的，还是男人说的？"

"是男人说的。大概这女人不想回到威尼斯去。于是这男人说这话安慰她。——半夜里,在枕着帆索躺在甲板上的男人的记忆中,那一瞬间,一滴热血似的一瞬间,紧紧握住女人的手的一瞬间,像巨浪一般摇动起来。这男人仰望着黑暗的夜天,下定决心要把这女人从强迫结婚的深渊里救出来。这样决定之后,他的眼睛闭拢了。——"

"那女人呢?"

"那女人迷路了,不知道迷向什么地方。她好像被人攫住了飞向天空中去,只有千万个不可思议。——以下有点儿难读了,都是不成句子的。——只有千万个不可思议——怎么没有动词呢?"

"要动词做什么?这样已经够了。"

"嗯?"

轰然一声,山中的树木一齐呼啸。我们两人不由得面面相觑,这瞬间桌上小花瓶里的山茶花索索地摇动。那女子低声叫道:"地震!"就跪着把身子靠在我的桌上。两人的身体振动起来,互相摩擦。一只野鸡拍着翅膀从树丛中飞出。

"野鸡。"我看看窗外,说。

"哪里?"那女子把跪着的身子靠近我,我的脸和她的脸几乎碰着。她的细细的鼻孔里喷出来的气息吹着我的髭须。

"这真是非人情了。"女子忽然回复了跪坐的姿势,断然地说。

"当然。"我紧接着回答。

积蓄在岩石洼处的春水受了惊吓,蠕蠕地摇荡。这一泓春水在波底受地壳的震动,所以只在水面画出不规则的曲线,并无破碎的部分。如果有"圆满的动"这句话,用在这里最为适当。妥帖地映在水中的山樱的倒影,和水一起忽伸忽缩,忽直忽曲。然而无论怎样变化,还是显明地保持山樱的姿态,这是很有趣的景象。

"这东西看了很愉快。美丽而有变化。若不是这样动,就没有趣味。"

"人如果也能这样动,无论动得多么厉害都不要紧。"

"倘不是非人情,就不能这样动呢。"

"呵呵呵呵,您真是太喜欢非人情了。"

"你恐怕也不是不喜欢的吧。昨天穿了长袖装……"我正要说下去,那女人忽然撒娇地说:

"请您称赞我。"

"为什么呢?"

"您说要看,所以我特地打扮给你看,对不对?"

"我要看?"

"他们说:爬过山来的画画先生特地嘱托茶馆里老太婆的。"

我不知怎样回答才好,一时说不出话来,那女人毫不放松:

"对这样健忘的人,无论怎样竭诚相待,也是白费的。"她像是嘲笑,像是怨恨,又好像从正面射来了两支箭。情势渐渐不妙;至于何时可以复原,因为一经被她占先,就很难找到机会了。

"那么昨晚在浴室里,也完全是承蒙好意了。"好容易在紧要关头恢复了原状。

那女人默默不语。

"真对不起。教我怎样报答你呢?"我努力抢先下手。然而无论怎样抢先，也毫无效果。她好像没有那回事的样子，望着大彻和尚写的横额。忽然低声念道：

"竹影拂阶尘不动。"

念完又转向我，好像忽然想起了什么，故意大声问：

"您说什么？"

我可不能上她这个当。便说：

"我刚才见过那个和尚了。"好像被地震摇动了的池水那样圆满的动。

"观海寺的和尚么？这和尚胖得很。"

"他说要我用西洋画来画纸裱门呢。和尚这种人很会说些没有道理的话。"

"所以他才能那样胖呀。"

"还看见一个青年人呢……"

"是久一吧。"

"对，是久一君。"

"您熟悉他么？"

"哪里！只知道他叫作久一。此外一点也不知道。这个人

- 139 -

不喜欢讲话。"

"哪里！是客气的缘故。他还是个小孩子……"

"小孩子？他不是和你差不多么？"

"呵呵呵呵，您以为这样么？他是我的堂弟。就要到战地去，这回是来辞行的。"

"住在这里么？"

"不，住在我哥哥家里。"

"那么他是特地来喝茶的？"

"他不喜欢茶，倒喜欢白开水。爸爸也是多余，偏要叫他来。他坐得不耐烦，难受得很呢。要是我在家，一定叫他先回去了……"

"你到哪里去了？那个和尚问起你呢。听说又是一个人去散步了？"

"嗳，我到镜池那边去转了一会儿。"

"那个镜池，我也想去看看呢……"

"好，请您去看看。"

"到那地方去写生很好吧？"

"到那地方去投水也很好的。"

"投水完全谈不到吧。"

"最近我也许要去投。"

这句戏言出自女子之口,未免太坚决了,我不由得仰起头来。看见她的表情特别认真。

"请您把我投身镜池、漂在水面上的样子——不是痛苦而是漂在水面上从容死去的样子——作一幅美丽的画吧。"

"咦?"

"吃惊了,吃惊了,吃惊了么?"

她嗖地站起身来,三步跨出房间的门,回过头来嫣然一笑。我茫然多时。

这种花的颜色不是普通的红，
却是在刺目的华丽里面
含有一种说不出的沉闷的情调。

十

来到镜池。从观海寺后面的一条路上的杉树中间走下山谷，还没登上对面的山，路分为二，自然形成了镜池的周围。池边长着许多山白竹。有的地方左右夹道丛生，行人走过，索索作声。从树木中间望去，可以看见池水，然而这池从哪里起，到哪里止，非环行一周不能知道。走的时候觉得它特别小，不过三町光景。只是形状很不规则，处处有岩石自然地横在水际。池边路的高低也同池的形状一样难于名状，作种种起伏，不规则地接连着，受着水波的冲击。

池的周围有许多杂树。不知几百株，数也数不清。其中有的还未抽出春芽。枝叶较疏的地方依然受着和煦的春日的阳光，树下竟长出嫩草来。其中隐约看到堇花的淡淡的影子。

日本的堇花有睡眠的感觉。西洋人有诗句形容它为"如天来之奇想"，到底是不相称的。正在这样想的时候，我的脚站住了。脚一站住，就可一直站下去，直到厌了为止。能够一直站下去，是幸福的人。在东京如果这样做，便立刻被电车轧死了。即使不被电车轧死，也一定被警察赶走了。都会是错认太平之民为乞丐、而向扒手的头子侦探致送优厚薪金的地方。

我以草为茵，把太平无事的屁股坐下去。在这里，即使一连五六天这样坐着不动，也只管放心，谁也不会向你说一句怨言。自然的可贵之处就在于此。在无可逃避的时候，自然虽是没有慈悲，也没有顾惜，但绝无因人而异的势利态度。不把岩崎和三井①放在眼里的，世间也不乏其人。但对古今帝王的权势漠不关心，如风马牛之不相及者，其唯自然。自然之德高高地超越尘界之上，无限制地树立绝对的平等观。与其指挥天下

---

① 岩崎（三菱）和三井是日本的大资本家。

之群小而徒招泰蒙①之愤，远不如滋兰之九畹，树蕙之百亩②，而独自起卧其中之为得策。世间有所谓公平，有所谓无私。果真如此重要，最好每天杀死一千小贼，以他们的尸体培养满园的花草。

我的思想不觉陷入理论，渐渐无聊起来了。我并不是为了磨练这种中学程度的感想而特地到镜池来的。向衣袖里摸出纸烟，擦一根火柴。虽然擦了，然而看不见火光。把"敷岛"烟的一端凑上去一吸，烟气从鼻孔里喷出来，这才知道纸烟已经吸着了。火柴在短短的草里暂时吐出螭龙一般的细烟，立刻寂灭了。我渐渐移向水边去坐。直到我的草茵铺进自然池中，伸脚也许碰到微温的春水，到这时我才坐定了，俯视池中的水。

眼睛所达到的地方并不很深。水底有细长的水草下沉死去。我除了用死去以外，想不出可以形容这些水草的字眼。若是山冈的芭茅，我知其从风靡。水上的蕴藻，我知其随波而流。至于这些等待百年也不能动的沉在水底的水草，似乎具备

---

① 泰蒙（Timon）是莎士比亚剧《雅典人泰蒙》中的主人公，其人厌恶人类。
② 见屈原《离骚》。

一切可动的姿势，暮暮朝朝等候人来戏弄，从天明等到天黑，从天黑等到天明，茎端集结了几世的相思，终于活到今天，欲动不得欲死不能。

我站起来，从身边的草里拾起两块石子。想做点功德，向眼前抛出一块。噗噗地泛起两个水泡来，立刻消灭了。我心里反复地想：立刻消灭了，立刻消灭了！向水里一望，但见三根长丝忧郁地摇动。我正想：这回可被我看到了。——忽然浊水从底里涌上来，立刻把它们隐没了。南无阿弥陀佛！

这回下了决心，拼命向中央抛去。咕咚！发出一个清幽的声音。无法打破四周的静寂。我不想再抛了。把画箱和帽子留在这里，向右边走去。

爬上一丈多长的一个缓坡。一株大树笼罩在头上，身体忽然觉得冷起来。对岸阴暗的地方有株山茶在那里开花。山茶的叶的绿色太深，即使在白天，即使在太阳光中，望去也没有轻快之感。尤其是这株山茶，生在岩角里面缩进一丈多之处，悠闲地躲在想不到有花的地方。这么多的花！数一天也数不清！然而非常鲜艳，使你眼睛一看到心里就想数。它的鲜艳只是鲜艳而已，毫无明快之感。好像蓦地燃烧起来，不由你不注意，而过后又感到阴森。这样骗人的花，世间更没有了。我每次看到深山里的山茶，总是联想到妖女。她用乌黑的双眸来勾引人，在不知不觉之间把嫣然的毒素射进你的血管里。你觉悟到被欺，时候已经迟了。对面的山茶映入我眼里的时候，我就想：唉，不看见多好！这种花的颜色不是普通的红，却是在刺目的华丽里面含有一种说不出的沉闷的情调。我们对于悄然凋零的雨中梨花，只有可怜之感；对于冷艳的月下海棠，只觉得可爱。山茶的沉闷就完全不同，这是一种阴暗的、含有毒素的、带着恐怖气味的情调。它以这种情调为骨子，而表面装得十分华丽。然而既无媚人之态，也无招引人的样子。忽而花开，蓦地花落；蓦地花落，忽而花开；在人目所不注意的山阴从容地度送几百年的星霜。只要看到它一眼，便是最后！一看到它，一受到它的魔力，难免堕入无底深渊。它那色彩不是普通的红色，是一种异样的红色，好比被杀的囚人的血，非常刺激人目，使人感到不快。

我正看着，一颗红的东西啪的一声掉落在水上了。在这沉静的春天里，动的东西只有这一朵花。过了一会儿，又是啪的一声掉下一朵来。这种花的花瓣决不分离，它不是散落而是整体辞枝的。辞枝的时候整朵一次离开，毫无留恋之色，但落在地上还是整朵的，这态度实在太可怕了！又是啪嗒的一声掉下一朵来。我想这样不断落下，不久池水将成红色了。在这些花静静地浮着的一边，水的颜色现在似乎已经有些带红了。又掉下一朵来。掉在地上，或是掉在水上，没有区别，都是一样的静寂。又掉下一朵来。我想：这些花是否会沉下去呢？年年落下千百朵山茶来，浸在水里，颜色溶化了，腐烂之后变成了泥，沉落池底。几千年之后，这个古池也许会在人们不知不觉之间为落下来的山茶花所填塞，而变成平地。又有很大的一朵像涂血的幽灵一般掉了下来。又掉下一朵来。啪嗒啪嗒地掉下来。无穷无尽地掉下来。

我想：在这地方画一个美女漂在水面上怎么样呢？就回到原来的地方，又抽着烟，茫茫然地考虑。温泉场的那美姑娘昨天的笑谈，像波浪一般涌上我的记忆中来。我的心像大浪上的一片木板似的摇荡。我想用她的面貌为基础，画一个美女漂在山茶花下面的水上，上面掉下无数的山茶花来。我想画出山茶花永远落下、女子永远漂在水上的情趣，但不知是否画得出来。照那《拉奥孔》里的理论，——不，《拉奥孔》不必管它。不论是否违背原理，只要能表现出这种情趣就好。然而不离开人生而表现人生以上的永久之感，不是一件容易的事情。第一是面貌难画。即使借用她那面貌，然而她那表情是不适用的。苦痛的表情太多，全部画面就被破坏了。反之，一味画出愉快之相，那更不行。那么另外想出一种面貌来，行不行呢？这个，那个，屈指计算，总是想不妥当。想来想去，还是那美姑娘的面貌最为合适。然而总有不足之感。我知道不足；但不足在于何处，我自己也不明白。因此，我不能凭自己的想象而加以修改。在她的表情里加入嫉妒，怎么样呢？不好，嫉妒里不安之感太多。加入厌恶，怎么样呢？也不好，厌恶太剧烈了。怒呢？更不好，怒完全破坏了谐调。恨呢？恨倘是诗意的春恨，又当别论；但是普通的恨太俗气了。种种考虑的结果，终于想出了：在许多情绪之中，我忘记了可怜这个词。可怜是神所不懂、而最近于神的人类感情。那美姑娘的表情里，这可怜的感情一点也没有流露出来。不足就在于此。由于霎时的冲动而这感情闪现在她的眉宇之间的时候，我的画便成功了。然而，这情状什么时候可以看到，不得而知。平时充满在她脸上的，只有嘲弄别人似的微笑和倒竖柳眉急于取胜的表情。只有这点，到底是不够的。

忽然听见沙沙的脚步声。我胸中的图样崩溃了三分之二。抬头一看，一个穿窄袖衣服的男子背着一束柴，正在山白竹中间向观海寺方面走。大概是从邻近的山上下来的。

"天气很好呢。"他拿着手巾，和我招呼。身子一弯，挂在腰带上的柴刀闪闪发光。这是一个年约四十岁的壮汉。似乎曾经在什么地方看见过。他看见我的画箱开着，就像旧相识一般亲切地和我谈话：

"先生也画画的？"

"嗳，想来画这池塘。这地方真荒凉，简直不大有人经过。"

"是的。这儿真是山里……先生翻过山来，想必很吃力吧。"

"噢！你是在山顶上碰见过的马夫么？"

"是的。我砍了些柴，拿到城里去。"源兵卫卸下背上的柴，坐在柴上了，拿出一只烟盒来。这盒子旧得很，不知是纸做的还是皮做的。我就把火柴借给他。

"你每天走这样的路，真了不得呢！"

"哪里！走惯了没什么。也不是每天走。三天一次。有时候四天走一次。"

"四天走一次也吃不消。"

"哈哈哈哈，用马太可怜了，所以自己来走，四天一次。"

"这真难得。你把马看得比自己更重呢。哈哈哈哈。"

"倒也不是这样……"

"喂，这个池塘古得很吧。到底是从什么时候起有的？"

"老早就有了。"

"老早，怎样早呢？"

"一直从前就有了。"

"一直从前就有？噢！"

"从前，志保田家的小姐投水的时候就有了。"

"志保田就是温泉场那家么？"

"是的。"

"你说他家的小姐投水？她现在不是很好地在家里么？"

"不，不是这位小姐，是一直从前的一位小姐。"

"一直从前的小姐？是什么时候呢？"

"是很久以前的一位小姐。"

"这位很久以前的小姐为什么投水呢？"

"这位小姐，听说生得同现在那位小姐一样漂亮呢，先生。"

"哦。"

"有一天，来了一个游方僧……"

"游方僧就是虚无僧①么？"

"是的，就是那种吹尺八箫的游方僧。这游方僧耽搁在志保田家的保长家里的时候，这位美貌的小姐看上了他——这大概是前世缘分吧，她一定要和他在一起，哭起来了。"

---

① 虚无僧是日本的一种僧侣，蓄发，头戴深笠，身披袈裟，吹尺八箫，云游各地，乞食修行。犯罪的武士为了逃避刑罚，多加入此群。

"哭了起来？嗯。"

"可是保长不答应。说游方僧不能做女婿，后来就把他赶走了。"

"把这虚无僧赶走了？"

"是的。小姐就跟着游方僧追，走到这地方，走到那边松树底下，就投水了。——闹得远近闻名。听说那时候小姐身上带着一面镜子，所以这池塘到现在还叫作镜池。"

"唉，原来已经有人投过水的！"

"真是怪事。"

"这是几代以前的事呢？"

"这是很久以前的事了。后来——这话只能在这里说说，先生。"

"怎么样？"

"志保田家后来代代都出疯子。"

"哦！"

"这完全是阴魂作怪呢。现在的那位小姐，听说近来也有点儿奇怪，大家都这么说。"

"哈哈哈哈,不会有这等事吧。"

"不会么?可是那位老太太也有点儿奇怪呀。"

"现在在家么?"

"不,去年故世了。"

"嗯。"我看着烟蒂上喷出来的一缕细烟,不再说话。源兵卫背了柴走路了。

我为了画画来此,然而只管考虑这样的事,听讲这样的话,无论几天也画不成一张的。既然背了画箱出来,今天照理应该打一个图稿回去。幸而那边的景色还成个样子,就把它画一下吧。

一丈多高的苍黑的岩石从池塘底里笔直地耸立在浓色的水的弯角上。怪石嶙峋的地方,右边的断崖上丛生着许多山白竹,密密层层地生到水边。上面有一株三抱光景的大松树,缠着许多常春藤的树干横斜地长着,一半以上伸出水面。怀着镜子的女子大约是从这个岩石上跳下水去的吧。

坐在三脚凳上,观看应该收入画面的材料。松树、山白竹、岩石和水。水到哪里为止呢?不易决定。岩石高一丈的话，那么水里的倒影也有一丈。山白竹的影子鲜明地映出在水底，令人看了要惊讶，以为这些植物不只长到水边而竟长到了水里。至于那株松树，上面耸入空中，仰头才可望见，下面的影子也很长。照眼前所能看到的尺寸，到底不容易收入画面。索性不画实物，光是画倒影，倒也很有趣味。画些水，画些水中的倒影，然后给人看，说这是一幅画，看的人会惊讶吧。然而只使人惊讶，到底乏味。必须使他们惊叹：对啊，这确是一幅画——这才有意义。我专心地看着池面，考虑画法。

真奇怪，仅看倒影，总是不能成画。想同实物对照研究一下。我把视线慢慢从水面移向上方。先从一丈高的岩石倒影的顶端，向上看，看到水的境界上，再从这境界上次第看水上的实物。逐一吟味润泽的色调、岩石的皱纹，渐渐向上看去。越看越高，我的眼光达到危岩的顶上的时候，我好像被蛇盯住了的蛤蟆，手里的画笔突然掉落了。

在映着夕阳的绿叶的背景上，在垂暮的晚春的黛色的岩头的苍茫中，清楚地显出一个女子的面貌来——这就是在花下使我吃惊、在幻影中使我吃惊、穿着长袖衫使我吃惊、在浴室里使我吃惊的那个女子的面貌。

我的视线盯住了这女子的苍白的脸的正中,一动也不动。她也把婀娜的娇躯挺得笔直,一根手指也不动地站在高岩上。这一刹那!

我不知不觉地迅速站起身来。她轻轻地扭转身去。腰带里山茶花一般的鲜红闪现一下,就向岩石那面飞奔而去了。夕阳掠过树梢,把松树的干染上了一层薄薄的红色。山白竹更加青葱了。

我又吃了一惊。

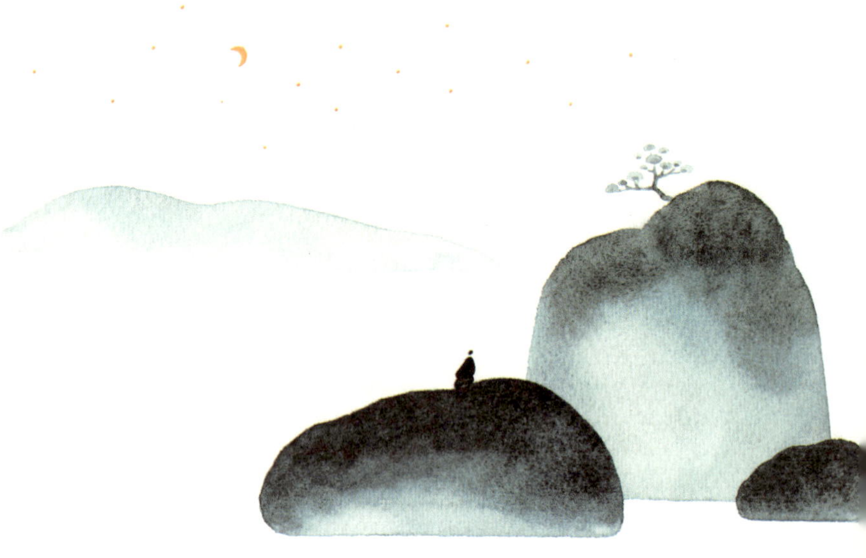

十一

在山村的朦胧的暮色中慢慢地散步。爬上观海寺前的石级的时候得到了"仰数春星一二三"的诗句。我并非有事情想会见和尚,也并不想找和尚闲谈,只是偶然走出旅舍,信步行来,不知不觉地走到了这石级下面。暂时站着摸摸"不许荤酒入山门"的石碑,忽然高兴起来,就爬上石级去。

有一册叫作《德利斯德兰·香提》①的书,书中写道:像本书这样符合神意的写法,更没有了。最初的一句是自己作的,以后则完全是感念神明,信笔写出的。自己当然不知道在

---

① 《德利斯德兰·香提》(*Trisram Shandy*)是英国十八世纪文学家斯登(Laurence Sterne)所著的小说,是一部感伤主义的小说。

写些什么。写的人是自己,而写出的是神明的事。因此著者不负责任。我现在的散步也采取这种作风,是无责任的散步。我不依靠神明,就更加无责任。那册书的著者斯登自己卸除责任,把它嫁给在天之神。我没有神可以交卸责任,只得把它委弃在泥沟中。

爬石级的时候倘使感到吃力,就不爬了。将要吃力,立刻回步。爬了一段,站住的时候觉得愉快,就又爬第二段。爬第二段的时候想作诗了。默然地看看自己的影子,看见影子在方形的石级上截成三段,形状很妙。觉得很妙,所以又爬上去。仰望天空,看见几颗小星在朦胧的天空深处不绝地眨眼。觉得诗句成功了,就再爬上去。这样,我终于爬到了顶上。

在石级上想起了一件事:从前我游镰仓,盘旋曲折地爬上那地方的所谓五山,记得圆觉寺的旁院也有这样的石级。我慢慢地爬上石级的时候,看见上面的门里走出一个穿黄色僧衣的光头和尚来。我走上去,和尚走下来。擦肩而过的时候和尚用尖锐的声音问我到哪里去。我回答说来参观一下,同时站住了;和尚马上说:什么也没有啊。就急急忙忙地走下去了。这句话太洒脱了，我觉得被他占了先，站在石级上目送这和尚，但见那个光头摇摇晃晃，终于隐没在杉木中间了。这期间他一次也不回转头来。禅僧的确有趣。这人真直爽，我这么想着，慢慢地走进山门。一看，广大的僧房和大殿，都空空如也，一个人影也没有。这时我感到由衷的欢喜。我想到世间有这样洒脱的人，能用这样洒脱的态度来对待人，觉得很痛快。并不是悟得了禅理的缘故，我连半个禅字都不懂。只是那个光头和尚的态度使我觉得很有意思。

世间充满了执拗、狠毒、苟且，加之厚颜无耻的人。并且还有根本不知道为什么到世间来做人的人。而且偏是这种人的脸特别大。他们认为受尘世之风的面积越大，便是名誉越高。五年、十年地侦探人的屁股，计算这人所放的屁——他们以为这就是人生。于是他走到你面前来，自告奋勇地对你说：你放了若干个屁，你放了若干个屁。如果是走到面前来说的，倒也不无可供参考，但是有的在背后说：你放了若干个屁，你放了若干个屁。你嫌他啰唆，他还是要说。你请他免了，他说得更起劲。你对他说我知道了，他还是说你放了若干个屁，你放了若干个屁。他认为这是处世的方针。方针是各人自由决定的。大可以不说放若干个屁而默默地决定方针。废止对人有妨碍的方针，是合乎礼节的。倘说非妨碍别人不能订立方针，那么对方也只能以放屁为自己的方针。如果这样，日本的国运完结了！

我不订立什么方针，在这美丽的春夜这样地散步，实际上是高尚的。倘使兴到，就以兴到为方针。倘使兴尽，就以兴尽为方针。倘使得句，就以得句为方针。倘使不得句，就以不得句为方针。然而决不麻烦别人。这是真正的方针。计算屁是人身攻击的方针，放屁是正当防御的方针；这样地爬上观海寺前的石级，是随缘放旷的方针。

爬上石级，得到了"仰数春星一二三"的诗句的时候，在夜色朦胧中发光的春海望去好像一条带子。我走进山门，已经无心再把这诗句续成七绝，当即订立了停止吟诗的方针。

通向僧房的一条石板路的右边，是用映山红编成的树篱，树篱那面大约是墓地。左边是大殿。大殿屋顶上的瓦在高处微微发光，望去好像数万个月亮落在数万张瓦上了。不知什么地方有鸽子不绝地叫着。这些鸽子似乎是住在屋梁底下的。我仿佛看见屋檐一带有白色的点子，也许是鸽子粪。

屋檐下有一排奇妙的影子，不像树木，更不像草。凭感觉而言，这是岩佐又兵卫①所画的念佛鬼停止了念佛而跳舞的姿态。从大殿的一端到那一端，这些鬼整齐地排成一行而跳舞。影子也从大殿的一端到那一端整齐地排成一行而跳舞。他们大概是被这朦胧之夜所诱惑，丢了钲、撞木和缘簿，相约一齐到这山寺里来跳舞的吧。

走近去一看，原来是很大的仙人掌。高约七八尺，好像把丝瓜那样青翠的黄瓜压扁，压成饭瓢形状，瓢柄向下，一个一个地向上接起来的样子。这些饭瓢要接上几个方才结束，不得而知。似乎要在今天一夜之内穿破屋檐，一直达到屋顶上的样子。这种饭瓢的生长很唐突，好像一定是生长在别的地方，而突然飞过来粘在这里的。我不能相信这是老饭瓢上生出小饭瓢而小饭瓢在很长的年月中逐渐长大起来的。饭瓢和饭瓢的连续完全是突如其来的。这样滑稽的树恐怕少有的吧。而且还是那

---

① 岩佐又兵卫是日本江户时代初期的画家，擅风俗画。

么毫不在乎的样子。有一个和尚,有人问他如何是佛,他回答说庭前柏树子[1]。倘使有人向我提出同样的问话,我一定回答他:月下仙人掌。

我小时候读过晁补之[2]的纪行文,有几句现在还背得出:"于时九月,天高露清,山空月明。仰视星斗皆光大,如适在人上。窗间竹数十竿相磨戛,声切切不已。竹间梅棕,森然如鬼魅离立突鬟之状。二三子又相顾魄动而不得寐。迟明,皆去。"我在口内背诵一遍,不禁笑起来。这仙人掌由于时间和情况的关系,恐怕也会动我的心魄,使我一看到就逃下山去吧。用手碰碰它的刺看,指头觉得刺痛。

走完了石板路,向左转弯,就是僧房。僧房前面有一株很大的木兰花树,树干约有一抱,高出僧房屋顶。仰起头来一看,头上就是树枝,树枝之上还有树枝。重重叠叠的树枝上面有一个月亮。普通的树木,如果树枝繁密了,下面望上去不见

---

[1] 万松老人《从容录》第五卷:"僧便问:如何是祖师西来意?赵州云:庭前柏树子。"
[2] 晁补之,宋朝人,字无咎,工书画文词,官知州,与苏东坡友善,著有《鸡肋集》《晁无咎词》。

天空。有了花更加望不见。木兰则不然，树枝无论怎样繁密，中间还是有明朗的空隙。木兰并不随便长出细枝来扰乱站在树下的人的眼睛。连花也都很明朗。从下面向高处仰望，也清清楚楚地看见一朵一朵的花。这朵花属于哪一簇的，开到什么程度，固然不知道，然而这些都不管，一朵花自成一朵花，一朵花和一朵花之间，可以判然地望见淡蓝色的天空。花的颜色当然不是纯白的。一味的白，过于给人以寒冷之感。单纯的白，尤能夺人眼目。而木兰的颜色并不如此。它故意避免极度的白，而谦逊地甘心于含有暧昧的淡黄。我站在石板路上，仰观这种驯良的花累累散布在空中的光景，一时茫然若失。映入眼中的全是花，一张叶子也没有。偶成俳句：

伫立抬头望，木兰花满天。

这时候那些鸽子正在不知什么地方悠闲地啼叫。

我走进僧房里。僧房的门敞开着。这里似乎是没有盗贼的国土。狗当然不叫。我就在门口说：

"有人么？"

里面肃静无声,没人答应。我又说:

"对不起!"

只听见鸽子的咕咕声。我又大声地喊:

"对不起,有人么——?"

"噢噢噢噢。"很远的地方有人答应。到人家去访问,而听见这样的答应声,是从来没有的。不久听见走廊有脚步声,屏风后面映出纸烛的火光。走出来的是一个小和尚,却是了念。

"老法师在么?"

"在。您有什么贵干?"

"请通报他,我是温泉场的画家。"

"是画家先生么?那么请上来。"

"可以不预先通报么?"

"可以。"

我脱了木屐走上去。

"您这位画家先生没有礼貌呢。"

"为什么?"

- 166 -

"请您把木屐放整齐。请看这里！"他拿起纸烛来照。黑柱子的中央，离地五尺光景的地方，贴着一张四开的白纸，纸上写着些字。

"认得吧，这里写着：注意脚下。"

"原来如此！"我就把自己的木屐仔细地放整齐了。

老和尚的房间位在走廊转角、大殿的旁边。了念恭恭敬敬地推开格子门，恭恭敬敬地蹲在门槛上，说：

"这个，志保田的画家先生来了。"

他的态度惶恐万状，我觉得有些可笑。

"啊，请进来。"

了念退开，我就走进去。房间很小，中央一个地炉，一个水壶正在炉上吱吱地响。老和尚坐在那一边看书。

"啊，请进来。"他摘下眼镜，把书推到一旁。

"了念！了——念！"

"有——"

"拿坐垫来。"

"来了——"了念远远地来一声悠长的答应。

"来得很好。想必是寂寞吧。"

"月亮太好了，所以漫步到此。"

"月亮真好！"说着，把格子门拉开了。门外除了两块跨步石和一株松树而外，别无他物。庭院的那边就是悬崖，朦胧的春夜的海忽然展开在眼底，立刻觉得胸襟扩大了。渔火处处发出闪光，大概是打算升入遥远的夜空，化作天上的星星吧。

"这风景好极了。老法师，把门关起来岂不可惜！"

"是啊。不过我是每晚看见的。"

"无论看几晚也看不厌，这种风景！若是我，不睡觉也要看呢。"

"哈哈哈哈，您到底是画家，所以和我有点不同。"

"老法师欣赏美景的时候，就是画家。"

"这话也说得是。达摩像之类的画我也会画。喏，这里挂着的一幅，是老师父画的，画得很好呢。"

小小的壁龛里果然挂着一幅达摩像。然而作为一幅画看，颇为乏味，只是没有俗气。努力遮丑的地方一处也没有。这是一幅天真的画。这位先辈大概也是同这画一样不拘形迹的人吧。

"这幅画很天真呢!"

"我们画的画,这样就够了。只要能够表达出气象……"

"比较起工巧而有俗气的画来,好得多了。"

"哈哈哈哈,承蒙称赞了!请问,近来画家里面也有博士么?"

"没有画家博士。"

"没有?最近我碰到过一个博士。"

"噢。"

"称为博士,大概是了不起的人物吧?"

"嗳,是了不起的吧。"

"画家里面也应该有博士。为什么没有呢?"

"这样说来,和尚里面也非有博士不可了。"

"哈哈哈哈,这样的么!——叫什么名字,我最近碰到的那个人?——有一张名片不知道放在哪里了……"

"在哪里碰到的?在东京?"

"不,在这里碰到的。东京我有二十年不去了。听说近来有一种车子叫作电车。我倒想去坐坐呢。"

"无聊的东西！嘈杂得很。"

"这样的么？所谓蜀犬吠日，吴牛喘月，像我这样的乡下人，也许反而觉得不便呢。"

"不是不便，是无聊。"

"这样的么？"

水壶嘴里喷出蒸汽来。老和尚从茶柜子里取出茶碗，把茶倒在碗里。

"请喝一碗粗茶。这不是像志保田老太爷家里那样的好茶。"

"很好很好。"

"您这样在各处跑来跑去，都是为了画画么？"

"嗳，只是带着画具跑来跑去，不画也无所谓。"

"啊，那么一半是游玩？"

"对啊。这样说也可以：因为我不喜欢被人家计算放屁。"

他虽然是个禅僧，这句话似乎不懂。

"计算放屁，是什么意思？"

"在东京住长了,就得被人家计算放屁。"

"为什么呢?"

"哈哈哈哈哈,不但计算而已,还得把人的屁加以分析,研究肛门是三角形的,还是四方形的。"

"噢,这也是管卫生的么?"

"不是管卫生的,是一种侦探。"

"侦探?噢,那么是警察了。所谓警察,所谓巡捕,到底有什么用处?难道是非有不可的么?"

"对啊,画家不需要他们。"

"我也不需要。我从来不曾麻烦过警察。"

"对啊。"

"然而不管警察怎样计算放屁,都不要紧,只要自己清正。自己不做坏事,无论有多少警察,对你无可奈何啊!"

"为了放屁而被他们奈何,倒有点儿吃不消。"

"我做小和尚的时候,老师父常常对我说:一个人站在日本桥中央把脏腑拿出来而毫无惭愧——若非如此,不得谓之修行有素。您最好也作这种修行功夫。旅行这种事情不妨停止。"

"如果能做个十足的画家,随时都可以修行。"

"那么就做个十足的画家好了。"

"被人计算放屁,就不成了。"

"哈哈哈哈。我告诉您:那个,您借宿的志保田家的那美姑娘,出嫁之后回娘家来,对什么事都看不上眼,这也不行,那也不行,终于到我这里来学佛法。现在已经学得很好,您看,变成那样明白事理的一个女子了。"

"嗳嗳,我看的确不是一个寻常女子。"

"对啊,她是一个机锋犀利的女子。——到我这里来修行的一个青年和尚泰安,由于这女子的关系,忽然遇到了穷明大事的因缘,现在已经成为一个善知识了。"

松树的影子落在静悄悄的庭中。远处的海在若有若无之间发出幽微的光,好像在响应天空的光,又好像不响应天空的光。渔火明灭。

"请看那株松树的影子。"

"真美丽啊!"

"仅仅美丽么？"

"嗳。"

"不但美丽而已，风吹上去也不要紧。"

我喝干了茶碗里余剩的苦茶，把碗复在托盘上，站起身来。

"我送您出门。了——念，客人要回去了。"

他们送我走出僧房，鸽子咕咕地叫。

"像鸽子这样可爱的东西是没有的了。我拍拍手，它们都会飞过来。您看我叫它们来。"

月色愈加明亮了。森森的木兰把朵朵琼华擎上天空。和尚在更阑人静的春夜中拍手，一声声随风消散，鸽子一只也不飞下来。

"不飞下来么？应该飞下来的！"

了念看看我的脸，微微一笑。老和尚似乎认为鸽子的眼睛在夜间也看得见，真是无思无虑的人。

我在山门口向这两人告别。回头一看，一个大的圆影和一个小的圆影落在石板路上，一前一后向僧房方面渐渐消失了。

- 173 -

打开格子窗,
眺望后面的山,
但见苍翠的树木非常澄澈,鲜丽无比。

十二

记得王尔德说，基督是最高度地具备艺术家态度的人。基督我不知道。我以为像观海寺的和尚，的确具备这资格。并不是说他富有趣味，也不是说他通晓时势。我是说他挂着几乎不能称为绘画的达摩像，而得意扬扬地称赞它画得很好。他认为画家中有博士。他相信鸽子的眼睛夜里也看得见。尽管如此，还是具备艺术家的资格。他的心地开阔，像无底的袋子一般，一点东西也不停滞。随意所之，任意所作，一点尘埃也不沉淀在腹内。如果他的脑里能够体会一点趣味，他就立刻和它同化。他在行走坐卧之间也作为一个完全的艺术家而存在。像我，在被侦探计算放屁的期间，到底不能成为画家。我能够对着画架、拿着调色板而作画,然而不能成为画家。只有像现在这样来到这不知名的山村,把五尺瘦躯埋在迟迟欲暮的春色中,才能具有真艺术家的态度。一度进入这境界,美的天下就归我所有。即使不染尺素,不涂寸绢,我却是第一流的大画家。虽然在技术上不及米开朗琪罗,在工巧上不及拉斐尔,但在艺术家的人格上,能与古今大家并驾齐驱,毫不逊色。我自从到这温泉场以来,一幅画也不曾画过。我这只画箱竟是全无必要地背着的。也许有人嗤笑:这也算得画家么?不管怎样嗤笑,现在的我是真正的画家,是优越的画家。能够达到这境地的人,不一定能作名画;然而能作名画的人,非懂得这境地不可。

吃过早饭,从容地吸着一支"敷岛"的时候,我作以上的感想。太阳已经离开朝霞,高高地上升了。打开格子窗,眺望后面的山,但见苍翠的树木非常澄澈,鲜丽无比。

我一向认为空气、物象、色彩的关系,是宇宙间最有兴味的研究之一。究竟是以色彩为主而表出空气,还是以物象为主而描出空气,还是以空气为主而在其中做出色彩和物象呢?观感略有不同，画的情调亦异。这情调是由于画家自身的嗜好而不同的。这是当然之理，然而时间和场所的限制也是当然之事。英国人所作的山水画中，明朗的画一幅也没有。也许他们是不喜欢明朗的画的。然而即使他们喜欢，在英国的空气中也是毫无办法的。同是英国人，像古达尔①之类的画家，色调就完全不同。应该是不同的，因为他虽然是英国人，却从来不曾画过英国风景。他的画题不是他的乡土。他所选择的都是空气比他本国透明得多的埃及、波斯等地的景色。因此最初看到他的画的人，谁都要惊讶。这些画画得非常爽朗，会使人疑心：英国人也会画出这样明朗的色彩么？

个人的嗜好是无可如何的。然而倘使画的意图是描写日本山水，那么我们也非把日本固有的空气和色彩描出不可。法国的画无论怎样美妙，我们不能照样取用他们的色彩，而说这是日本的风景。我们还是必须面对自然，暮暮朝朝地研究云容烟态，一旦看出了确当的色彩，立刻背了画架和三脚凳跑去描写。色彩是瞬息万变的，一旦失去机会，就不容易看到同样的

---

① 古达尔（Frederick Goodall）是十九世纪末期英国的画家。

色彩。我现在所望见的山头，充满着这一带地方所不易多见的好色彩。既然特地来此，让它消失是可惜的。把它画一下吧。

拉开纸裱门，走到廊上，看见那美姑娘站在对面的楼头，身体靠在格子窗上。她把下巴埋在衣领里，我只看见她的侧面。我正想同她招呼，看见她左手照旧下垂，而右手忽然像风一般活动起来。闪电一般的亮光一来一往地闪现在她的胸前，突然锵的一声，闪光立刻消失了。她的左手里拿着一个九寸五分长的白木刀鞘。她的姿影忽然隐没在格子窗后面了。我走出旅馆的时候似乎觉得早上看了一幕歌舞伎。

走出门，向左转弯，就是连接山路的一个慢坡。到处有莺的啼声。左边低落，是一个平坦的山谷，满种着橘树。右边有两个低低的山冈并列，我想，这上面种的也都是橘树吧。几年之前我曾经一度到此，屈指计算太麻烦，总之是寒天腊月的时节。那时候我最初看到橘子山上满满长着橘子的景色。我对采橘子的人说：请你卖一枝给我。他回答我：要多少都送给你，请拿去吧。说完就在树上唱出音节美妙的小曲。我想：在东京，橘子皮也非到药店里去买不可。晚上常常听见枪声。我问本地人这是什么，他们告诉我这是猎人打鸭的枪声。那时候我连那美姑娘的"那"字也不知道。

教这女子做演员，一定是一个出色的女角。普通的演员在舞台上表演，都是特意做作的。这女子却在家里的经常舞台上演戏，而不自知其为演戏，是自然地、天然地演戏。这样的生活大概可以称为美的生活吧。托这女子的福，我的绘画修业得益不少。

倘使不把这女子的举动看作演戏，就会感到有些毛骨悚然，一日也不能再留。倘使以事理、人情等日常见解为背景，而从普通小说家那样的观察点研究这女子，就觉得刺激过强，会立刻感到厌恶。在现实世界中，倘使我和这女子之间有一种缠绵的关系，我的苦痛恐怕笔墨难于形容吧。我这一次旅行，目的在于脱离俗情，做一个十足的画家，所以对于映入我眼中的一切物象，非尽行看作画图不可，非尽行当作能乐、戏剧或诗中人物而观察不可。戴了这样的一副眼镜观察这女子，觉得她的举动在我以前所看到的一切女子中最为美妙。只因她自己不知道自己正在表演美妙的技艺，所以比演员的举动更加美妙。

误解了作如是观的我,是不行的。批评我作为社会公民不应当如此,更加不通道理。行善困难,施德费力,守节操不易,为义舍命可惜。下决心去做这等事,在任何人都是苦痛的。为了甘冒这种苦痛,其中必须潜蓄着一种可以战胜这苦痛的愉快之感。所谓画,所谓诗,或者所谓戏剧,都不过是潜在于这悲酸中的快感的别名。懂得了这意趣,我们的举动方才成为壮烈,成为闲雅;我们方才可以战胜一切苦痛,以求满足胸中这一点无上之趣;方才能够把肉体的苦痛置之度外,对物质上的损失不加计较,而驱策勇猛精进之心,甘愿为人道受鼎镬之烹。倘使可以在人情的狭隘的立脚地上为艺术下定义,那么可以这样说:艺术是潜在于我辈有教养的人士胸中的避邪就正、斥妄显真、扶弱抑强的誓愿结晶而成的白虹贯日一般的表现。

有人嘲笑某人的行为有戏剧气味,笑他为了贯彻美的趣味而作不必要的牺牲说是不近人情的。笑他不待美的性格的自然发挥的机会而无理地夸耀自己的趣味观,说是愚笨的。倘是真能了解个中消息的人,他的讥笑固然自有意义。然而不知趣味为何物的庸夫俗子用自己的卑鄙的眼光来贱视别人,却是难于容忍的。从前有一个青年[①]留下一篇《岩头吟》,向五十丈飞瀑纵身直下,自赴急湍。据我看来,这青年是为了美之一字而舍弃了舍不得的生命。死这件事实在壮烈,只是促成死的动机是难解的。然而不能体会死得壮烈的人,怎么能够嗤笑藤村子的行为呢?我有这样的主张:他们不能体会壮烈牺牲的情趣,所以即使面临正当的事情,到底不能壮烈牺牲;在这一点限制上,他们的人格远不及藤村子,所以没有嗤笑的权利。

我是画家。正因为是画家,所以是专重趣味的人,即使堕入人情世界,也比东邻西舍的庸夫俗子为高尚。作为社会之一员,足可站在为人师表的地位上。比较起不知诗、不知画、没有艺术嗜好的人来,善于表现美的举动。在人情世界中,美的举动是正的,是义的,是直的。在行为上表现正、义和直的人,是天下公民的模范。

暂时离开人情界的我,至少在这旅行中没有回到人情界来

[①] 指日本第一高等学校学生藤村子,他从日光山的华严瀑上投身而死。

的必要。否则特地出来旅行，就变成徒然。我必须从人情世界里拨去了累累的砂粒，而仅看沉在底上的美丽的黄金，以度送旅中的光阴。我并不以社会之一员自任。作为一个纯粹的专门画家，连自身也摆脱了缠绵的利害羁绊而逍遥于画布之中，何况山、水及别人？所以虽然对着那美姑娘的行动，也只看她的姿态而已，此外并无所图。

爬上了三町光景的山路，看见对面有一堵白墙。我想：这人家是住在橘子中间的。不久山路分为两条。在白墙旁边向左转弯的时候回头一看，下面有一个穿红裙的姑娘正在走上来。红裙渐次全部出现了，下面是两条茶色的小腿；小腿全部出现了，下面是一双穿草鞋的脚。这双穿草鞋的脚一步一步地走上来。她头上戴着几点山樱的落花，背上负着一片明亮的海。

爬完了上山的路，来到了山顶一块突出的平地上。北面春峰叠翠，大概就是今天早晨从走廊上望见的。南面是阔约半町的一片荒野，荒野尽处突然低落，变成崩崖。崖下就是刚才走过的橘子山。隔着村子眺望那边，映入眼中的是不言可知的青海。

路有好几条，合了又分，分了又合，看不出哪一条是正路。每一条都是路，同时每一条都不是路。草里面暗红色的泥地忽隐忽现，看不出连贯的线索，变化多端，很有趣味。

　　我在草里各处徘徊，想找一个地方坐坐。早上从走廊望来可以入画的景色，想不到临近一看，已经走样，色彩也渐次变更了。在眺望草原的期间，我的画兴不知不觉地阑珊了。既然不画了，就可不择地点，随便什么地方，只要坐下去，便是我的住处。渗进来的春天的阳光深深地钻入草根里。我一屁股坐下去，似乎觉得压散了眼睛看不见的许多游丝野马。

　　海在我脚下发光。一纤云影也不遮蔽的春天的太阳，普照水上，好像什么时候暖气会侵入波底的样子。绀青一色平涂的水面上，处处有层层叠叠的白金的细鳞鲜丽地闪动着。春天的太阳照着广大无边的天下，天下泛溢着广大无边的水，水上只有像小指甲一般大小的白帆。而且这白帆完全不动。往昔入贡的高丽船渡海远来的时候，大概是这个样子吧。它的周围茫无边际，只有太阳的世界和太阳照着的海的世界。

　　我躺下来。帽子脱出前额，滑到了后头上。到处有小株的木瓜高出草面一二尺，欣欣向荣。我的面前正好长着一株。木瓜是很有趣味的花。它的枝条很顽强，不肯弯曲。那么可说是直的了，然而绝不是直的。只是一段直的短枝用某角度接合在另一段直的短枝上，歪歪斜斜地构成全体。枝头上有不知是红或是白的花安闲地开着。柔软的叶也清清楚楚地附着在枝上。品评起来，木瓜可说是花中之愚而悟者。世间有守拙的人。这些人来世一定投胎为木瓜。我也想做木瓜。

我小时候曾经把开花生叶的木瓜采下来，加以整理，制成一个笔架。把两分五厘一支的水笔搁在这笔架上，供在书桌上，望望花叶中间显出来的白穗，自得其乐。这一天梦寐中也不忘记木瓜笔架。第二天醒来，立刻跑到书桌旁边，看见花已经谢了，叶已经枯了，只有那白穗依旧无恙。那时候我心中不胜惊疑：那样美丽的东西怎么会在一夜之间枯萎呢？现在回想，那时候真是出世间的。

一躺下来就映入我眼中的木瓜，是二十年来的旧知己，注视此花，颇涉遐想，觉得心中快适。诗兴又涌起来了。

我躺着考虑。每得一句，就记录在写生册上。不久居然完成了。从头试读一遍：

>出门多所思，春风吹吾衣。芳草生车辙，废道入霞微。
>停筇而瞩目，万象带晴晖。听黄鸟宛转，观落英纷霏。
>行尽平芜远，题诗古寺扉。孤愁高云际，大空断鸿归。
>寸心何窈窕，缥缈忘是非。三十我欲老，韶光犹依依。
>逍遥随物化，悠然对芬菲。①

哈哈，完成了，完成了。就是这样吧。躺着看木瓜而与世相忘的感情，颇能表出。虽然没有说出木瓜，虽然没有说出海，只要能够表出感情就好了。我正在高兴地哼着的时候，忽然听见人的咳嗽声："呃哼！"我吓了一跳。

我翻一个身，向发出声音的方面一看，山头突出的地方，转角上的杂树中间走出一个男子来。

这男子头戴一顶茶色礼帽。帽子的形状已经坍损，倾下的帽缘下面露出一双眼睛。眼睛的神色看不清楚，但是的确在那

---

① 这是汉诗，这里照样抄录，并非翻译。

里一闪一闪地转动。蓝条纹衣服的裾撩起来掖在腰带里，底下是赤脚穿着木屐。这样打扮的人是什么身份，不容易判断。仅从那满脸须髯看来，这正是一个十足的流浪汉。

我以为这男子想走下山路去了，但他走到转角上忽又回头。我以为他要回进原来的树林里去了，却并不然，他又回转身来走原来的路。除了到这草原上来散步的人以外，不应该有这样翻来覆去地走路的人。然而照他这般模样，难道是散步的人么？并且这附近也不会住着这样的一个男人。他不时站住，侧着头向四周观望。又像是满腹心事的样子，又像是在等候一个人来会面的样子。究竟是什么，不得而知。

我的眼睛竟不能离开这个行步不安的男子了。并不是担心他怎么样，也不是想画他，只是眼睛不能离开他。我的眼睛跟着这男子从右到左、从左到右地转动，这时他忽然站住了。同时另外一个人物出现在我的视界中。

这两人好像是互相认识的样子，双方渐渐走近来。我的视界渐渐缩小，终于局限在草原正中一块狭小的地方。这两个人背着春山，面着春海，相对站着。

其中一个当然就是那个流浪汉。对方是谁呢？对方是一个女子，是那美姑娘。

我一看见那美姑娘，立刻联想起今天早上的短刀。她现在是否怀藏着这把短刀呢？这么一想，非人情的我也打个寒噤。

一男一女相对，暂时用同样的态度站着。身体一动也不动。嘴也许动着，但是话语完全听不出。男的忽然低下了头。女的转向了山的方面。我看不见她的脸。

莺在山中啼，女的似乎在听莺声。过了一会儿，男的突然把低下的头抬起来，半转身子，但不是寻常的态度。女的翩然地转过身去，仍旧向着海。她的腰带里露出的东西似乎是短刀。男的昂然走开。女的跟着他走了两三步。女的脚上穿着草鞋。男的站住了，大概是女的喊他站住的。在两人相向的瞬间，女的把右手伸进腰带里。危险！

然而摸出来的不是那九寸五分的东西，却是一个紫色的小包，似乎是钱袋。她把这小包递给那个男子，雪白的手里垂下一根长长的纽带来，在春风中飘荡。

她向前迈出一只脚，上身略向后倾，伸出着的雪白的腕上显出一块紫色。这姿势非常入画！

离开紫色二三寸的地方，布置着回转身来的男子的身体，这画面安排得很巧妙。所谓不即不离这句话，正可以拿来形容这刹那间的情状。女子的态度是想把面前的人拉过来，男子是被什么东西拉向后面的样子。但在实际上并没有拉，也并没有被拉。两人的关系在紫色钱袋的地方断绝了。

两人的姿势保持这样美妙的调和，同时两人的面貌和衣服又显示极端的对比，因此当作一幅画看，更加富有趣味。

一个是面目黧黑、髭须满腮的矮胖子，一个是眉清目秀、削肩长裾的瓜子脸；一个是蓬头垢面、赤脚木屐的流浪汉，一个是寻常淡妆也婀娜多姿的瘦美人；一个是茶色破帽、蓝柳条布衫扎起衣裾的打扮，一个是发光可鉴、绮罗耀目的娇艳模样。一切都是好画材。

男子伸出手来接过钱袋。拉和被拉巧妙地保持均衡的两人的位置忽然破坏了。女的不再拉，男的也不再被拉。心理状态在绘画构成上有这样显著的影响，我做了画家，直到现在不曾注意到。

两个人向左右分开了。双方已经没有心情上的联系，所以当作画看，已经支离破碎、不成章法了。男子走到杂树林口一度转过头来。女子绝不回顾，向这边姗姗走来，不久走到我的面前。

"先生！先生！"

她叫了两声。奇怪，不知她什么时候注意到我在这里的。

"什么？"

我从木瓜中间抬起头来。帽子掉落在草地上了。

"您在这种地方做什么？"

"我在这里躺着作诗。"

"说谎！刚才这个您看见了吧！"

"刚才这个？刚才那个人么？我稍微看见些。"

"呵呵呵呵，何必稍微呢，多看看不是很好吗？"

"实在是完全看见了。"

"您瞧。请您到这边来，请您从木瓜里面走出来。"

我唯命是听，从木瓜里面走了出来。

"您在木瓜里面还有事情么？"

"没有事情了,我也想回去了。"

"那么我们一同回去吧。"

"好。"

我又唯命是听,回到木瓜里面去取了帽子,收拾了画箱,和那美姑娘一同回去。

"您画过画了么?"

"终于没有画。"

"您来到这里之后,一幅画也没有画过呢。"

"是的。"

"您是特地为了画画而来的,一点也不画,不成样子呀。"

"哪里!成样子。"

"成样子?为什么呢?"

"当然是成样子的。画画这件事,画也好,不画也好,都是成样子的。"

"这是笑话了,呵呵呵呵,真是自得其乐呀。"

"既然来到这种地方,倘不自得其乐,就没有来的意义了。"

"哪里！无论在什么地方，倘不自得其乐，都没有活的意义了。譬如我，像刚才这种样子被人看见了，一点也不觉得难为情。"

"不觉得也好。"

"是呀。刚才那个男人，您看是什么人？"

"我看来，总不是十分有钱的人。"

"呵呵呵，说得真对。您是个出色的相面先生呢！这个人穷了，在日本活不下去了，是来向我要钱的。"

"噢！是从哪里来的呢？"

"从城里来的。"

"原来是从很远的地方来的。那么他要到什么地方去呢？"

"总不过到满洲去。"

"去做什么呢？"

"去做什么？不知道去拾钞票呢还是去死。"

这时候我抬起眼睛看看她的脸。她口角上的笑容渐渐消失了。不解这是什么意思。

"他是我的丈夫。"

她用迅雷不及掩耳之势突然砍下这一刀来。我受了一下意外的打击。我当然没有准备听这样的话。她自己大概也想不到暴露到这般地步吧。

"怎么,您吃了一惊吧?"她说。

"呃,有点儿吃惊。"

"不是现在的丈夫,是离婚了的丈夫。"

"原来如此,那么……"

"就只是这么一回事。"

"啊。——那边的橘子山上有一所墙壁雪白的房子呢。地点很好。这是谁家?"

"这是我哥哥家。回去便路走进去看看吧。"

"你有事情么?"

"嗳,他们有点事情托我。"

"一同去吧。"

走到山口,不走下村子去,立刻向右转,再爬上一町光景,就看见一扇门。走进门,不向正屋,立刻绕着庭院走去,这女子毫不客气地昂然直入,我也毫不客气地跟着走。向南的庭院里有三四株棕榈树，泥墙下面就是橘树林。

这女子就在廊檐的一端上坐了下来，说：

"请看，景致多好啊！"

"的确不错。"

格子窗里面肃静无声，好像没有人的。这女子并不想打招呼的样子，只是悠然地坐着俯瞰橘树林。我觉得有点奇怪，不知道她到底有什么事情。

两人都不讲话，大家默默地眺望下面的橘树林。近午的太阳的温暖的光线笼罩着整个山头，眼底的橘树的叶子吸饱了暖气，发出闪光。忽然里面堆房那方有一只鸡高声地叫起来，喔喔喔——。

"呀，已经正午了。我把事情忘记了。——久一，久一！"

她探着身子，把格子窗推开。里面是一间十铺席的空房间，春日的壁龛中空挂着双幅的狩野派画图。

"久一！"

堆房那方传来答应的声音。脚步声渐近，停止在纸门旁边了。纸门一拉开，忽然一把白鞘短刀从铺席上滚将过去：

"喏，这是你伯父替你送行的！"

她是什么时候伸手到腰带里去摸出来的，我一点也不知道。短刀在空旷的铺席上翻了两三个筋斗，滚到了久一的脚边。刀鞘似乎太松，刀身脱出一寸光景，发出闪烁的寒光。

十三

他们用船送久一到吉田的火车站去。坐在船里的除了被送的久一以外,有送行的老翁、那美姑娘、那美姑娘的哥哥、照管行李的源兵卫,还有我。我不过是陪伴而已。

教我去陪伴,我就去。不知道什么意义,也就去。在非人情的旅行中,用不到考虑。船底是平的,好像在筏上加了边缘。老翁坐在中央,我和那美姑娘坐在船艄上,久一兄和哥哥坐在船头上。源兵卫伴着行李坐在后面。

"久一,打仗你喜欢不喜欢?"那美姑娘问。

"不看到是不知道的。想来苦的地方也有,但是愉快的地方也有吧。"不知道战争的久一回答。

"无论怎样苦,总是为了国家。"老翁说。

"你得了一把短刀,就想出去看看打仗,是不是?"这女子又发出奇妙的问话。久一略微点点头回答道:

"大概是的吧。"

老翁掀髯而笑。哥哥好像没听见一样。

"像你这样满不在乎的,会打仗么?"这女子毫不在乎地把雪白的脸挨近久一。久一和哥哥相对看了一下。

"那美若是去当兵,一定是很厉害的呢。"这是哥哥对妹妹说的第一句话。从语气上观察,不像普通的笑谈。

"我么?我去当兵么?我若是能当兵,早就去当了,现在早已死了。久一,你也要死才好,生还是不体面的。"

"你不要胡说八道!应该平安无事地凯旋。专门讲死,对国家是没有益处的。我也还想活两三年呢。我们还要见面啊。"

老翁的话语尾拖得很长,声音越来越细,最后变成了泪丝。只因是男人,才没有哭出来。久一一声不响,扭过头去看着河岸。

岸上有一株很大的柳树。树下系着一只小船。一个男子在那里钓鱼,眼睛注视钓丝。我们的船随波逐流,慢慢地从这男子面前经过的时候,他突然抬起头来,和久一打个照面,两人之间完全没有感应。这男子心中所想的只是鱼。久一心中连容纳一条鲫鱼的余地也没有。我们的船静静地在这姜太公面前经过了。

经过日本桥的人,一分钟不知有几百。倘使站在桥边能够一一听到盘踞在每个人心中的纠葛,其人一定会目眩头晕,痛感浮生之苦吧。只因相逢都不相识,相别都不相知,所以才有站在日本桥上拿红旗绿旗指挥车辆的志愿者。这个姜太公对于久一的哭丧的脸不要求任何说明,是幸福的。我回头一看,只见他安心地注视着浮标,似乎想一直注视到日俄战争结束的样子。

河面不很阔,河底很浅,河水缓缓地流着。靠在舷上,漂在水上,漂到什么地方呢?非漂到春光去尽,人间混乱、冲突的地方不可。这个眉间显出一点血腥的青年,硬把我们一班人拉去。命运的绳要把这青年拉到遥远、阴暗、凄凉的北国去,所以在某年某月某日的因缘上和这青年联系着的我们,不得不被这青年拉去，一直拉到因缘告终为止。因缘完结的时候，他和我们之间就一刀两断。他一个人不容分说地被送到命运的手中。留在这里的我们也不容分说地必须留在这里，即使哀求苦告要他拉去，也是不行的。

船平稳地行驶，坐着很舒服。左右两岸长着笔头菜。堤上有许多柳树。树的空隙处常常露出小屋的草顶和煤烟熏黑的窗子来，有时跑出雪白的鸭子来。鸭子嘎嘎地叫着，跑到了河里。

柳树和柳树之间明晃晃的大概是白桃花。时时听见喀当喀当的布机声。喀当喀当停下来的时候，女子的唱歌声咿呀咿呀地传到水上来。唱的是什么歌，一点也听不清楚。

"先生，替我画一个像。"那美姑娘向我要求。这时候久一正在和哥哥热心地谈论军队的事，老翁不知甚么时候开始打瞌睡了。

"好，我替你画吧。"拿出写生册来，写了一首俳句：

春风解罗带,带上铭^①如何?

递给她看。她笑着说:

"这样的'一笔画'不行。请您画仔细点,把我的神情画出来。"

"我也想这样,可是你现在这样的脸不能入画。"

"您真会推托。那么要怎样才能入画呢?"

"要画,现在也可以画。不过还缺少一种东西。不画出这种东西是可惜的。"

"您就缺少一种东西。我的脸生来是这样的,没有办法。"

"生来这样的脸,也可以有种种样子。"

"自己可以自由装出的么?"

"可以。"

"您看我是女人,所以作弄我。"

"你是女人,所以说这笨话。"

"那么,把您的脸变出种种样子来给我看看。"

---

① 日本女子的衣带上有时写一句诗,叫作铭。

- 199 -

"你只要每天像今天一样作种种变化就好了。"

她默默地转过身去。河岸已经变得很低，和水面相差无几了。田里是一望无际的紫云英。点点鲜红的花不知被哪一天的雨所摧残，模模糊糊的一片花海仿佛伸展到云霞之中。举目望见一座峥嵘的山峰耸入半空，山腹里吐出暖暧的春云来。

"您是从这个山的那面来的。"这女子把雪白的手伸出船舷外面，指点那梦一般的春山。

"天狗岩就在那边么？"

"那一堆浓绿的下面，不是有一块紫色？"

"就是背太阳的地方么？"

"不知道是不是背太阳。是那光秃秃的地方。"

"不是，是凹进的呢。倘是光秃秃的，色彩应该还要带茶色。"

"是的吧。总之，是在里面。"

"这样说来，那羊肠小道还在左面一点。"

"羊肠小道，在那边，还很远呢。是那个山再前面的一个山。"

"原来如此。但是照方向说来,是在那有淡色的云的地方吧。"

"嗳,方向是在那边。"

打瞌睡的老翁的肘从船舷上滑脱了,突然醒来。

"还没有到么?"

他挺起胸脯,把右肘拉向后面,把左臂向前伸直,深深打了一个呵欠,同时做出拉弓的姿势。那美姑娘呵呵呵呵地笑起来:

"老是这么一来……"

"老先生大概是喜欢拉弓的?"我也笑着问。

"年轻的时候可以拉到七分五厘。膀子现在还很稳呢。"他拍拍自己的左肩给我看。船头上正在大谈战争。

船渐渐开进了市街模样的地方。望见一家酒馆,窗上写着"御肴"两个字。又看见古风的绳门帘,和堆置木材的地方。人力车的声音也常常听到了。燕子在空中翻飞。鸭子嘎嘎地叫。大家舍舟登陆,走向火车站去。

渐渐被拉向现实世界去了。我把有火车的地方称为现实世界。像火车那样足以代表二十世纪的文明的东西，恐怕没有了。把几百个人装在同样的箱子里蓦然地拉走。毫不留情。被装进在箱子里的许多人必须大家用同一速度奔向同一车站，同样地熏沐蒸汽的恩泽。别人都说乘火车，我说是装进火车里。别人都说乘了火车走，我说被火车搬运。像火车那样蔑视个性的东西是没有的。文明用尽种种手段来发展了个性之后，又想用种种方法来摧残这个性。给每个人几尺几寸见方的地面，对他说：你可以在这范围里面自由起卧——这便是现今的文明。同时在这几尺几寸见方的周围立起铁栅来，威吓道：不许越出这铁栅一步。——这便是现今的文明。在几尺几寸见方之内自由行动的人，希望在这铁栅以外也能自由行动，这是自然之势。可怜的文明国民日夜攀住了这铁栅而咆哮着。文明给个人以自由而使他变成力大如虎之后，又把他关进铁槛里，借以维持天下的和平。这和平不是真的和平，是和动物园里的老虎睥睨着看客而转辗地躺着同样的和平。只要把槛上的铁条拔去一根，世界就一塌糊涂。第二次法国革命便是在这时候发生的吧。个人的革命，现在已经日夜地在那里发生了。北欧的伟人易卜生曾经就可能引起这革命的状态给我们提出了种种例证。我每次看到火车猛烈地、玉石不分地把所有的人看作货物一样而一起载走的状态,把关在客车里的个人和毫不注意个人的个性的这铁车比较一下,总是想道:危险!危险!一不小心就危险!现代的文明中,随时随地都有此种危险。不顾一切地横冲直撞的火车,是危险的标本之一。

我坐在火车站前茶馆里,眼睛望着艾饼,考虑我的火车论。这不能记录在写生册里面,也没有告诉别人的必要。因此我默默地吃艾饼,喝茶。

对面的折凳上坐着两个人,都穿草鞋。一个人披着红色的毛毯。一个人穿着葱绿色裤子,膝头有一块补钉。他的手按在补钉上。

"还是不好么?"

"不好。"

"像牛一样有两只胃就好了。"

"若是有两只胃,不必说了。一只坏了,把它割去就完事。"

这乡下人大概是患胃病的。他们闻不到满洲战场上的腥风，也看不到现代文明的弊害。革命是怎么样的东西，他们连这两个字都没有听见过。也许连自己的胃袋有一只还是两只也不明白吧。我摸出写生册来，描写了这两个人的姿态。

火车站里铃声当当地响。火车票已经买来了。

"我们去吧。"那美姑娘站起身来。

"去吧。"老翁也站了起来，我们一批人走出剪票处，来到月台上，铃声不断地响着。

听见隆隆的声音，文明的长蛇在白光闪闪的铁路上蜿蜒而来。文明的长蛇从嘴里吐出黑烟。

"我们这就分别了！"老翁说。

"那么祝您健康。"久一低下了头。

"请你去死吧。"那美姑娘又说这句话。

"行李来了么？"哥哥问。

那条蛇在我们面前停下了。蛇肚子旁边的门都开了。有许多人走出来，有许多人走进去。久一走了进去。老翁、哥哥、那美姑娘和我都站在外面。

车轮一动，久一已不是我们这世界里的人了。他到很远很远的世界里去了。在那个世界里，有人在火药气中挣扎，在鲜红的血地上打滚，半空中炮声隆隆。今后将到这样的地方去的久一站在车厢里，默默地向我们看。把我们从山中拉出来的久一和被拉出来的我们之间的因缘，到这里结束，已经在结束了。在车厢的门还没有关闭的期间，在互相看着的期间，在将行的人和留下的人相隔五六尺的期间，因缘即将结束了。

司车员把车门砰砰地关上，渐次走向这里来。每关一扇，行人和送行人的距离就越来越远。忽然久一的车门也关上了。世界已经分为两个。老翁不知不觉走近窗边。青年从窗中探出头来。

在"危险，车子开了！"的叫声中，毫不留恋的铁车辘辘地开动了。一个一个的窗子在我们面前经过。久一的脸渐渐小起来。最后一个三等车厢在我面前通过的时候，窗子里探出另一张脸来。

茶色旧礼帽底下，一个髭须满面的流浪汉的脸依依不舍地探出来。那美姑娘和流浪汉不期地打个照面。铁车辘辘地开驶。流浪汉的脸立刻消失了。那美姑娘茫然地目送着开走的火车。在这茫然之中,以前不曾见过的一种"可怜"的表情奇妙地浮现着。

"这个便是!这个便是!有了这个就入画了!"

我拍拍那美姑娘的肩膀低声说。我胸中的画面在这一刹那间成就了。

塘栖

塘栖

夏目漱石的小说《旅宿》（日文名《草枕》）中，有这样的一段文章："像火车那样足以代表二十世纪的文明的东西，恐怕没有了。把几百个人装在同样的箱子里蓦然地拉走，毫不留情。被装进在箱子里的许多人，必须大家用同样的速度奔向同一车站，同样地熏沐蒸汽的恩泽。别人都说乘火车，我说是装进火车里。别人都说乘了火车走，我说被火车搬运。像火车那样蔑视个性的东西是没有的了……"

我翻译这篇小说时，一面笑这位夏目先生的顽固，一面体谅他的心情。在二十世纪中，这样重视个性，这样嫌恶物质文明的，恐怕没有了。有之，还有一个我，我自己也怀着和他同样的心情呢。从我乡石门湾到杭州，只要坐一小时轮船，乘一小时火车，就可到达。但我常常坐客船，走运河，在塘栖过夜，走它两三天，到横河桥上岸，再坐黄包车来到田家园的寓所。这寓所赛如我的"行宫"，有一男仆经常照管着。我那时不务正业，全靠在家写作度日，虽不富裕，倒也开销得过。

客船是我们水乡一带地方特有的一种船。水乡地方，河流四通八达。这环境娇养了人，三五里路也要坐船，不肯步行。客船最讲究，船内装备极好。分为船艄、船舱、船头三部分，都有板壁隔开。船艄是摇船人工作之所，烧饭也在这里。船舱是客人坐的，船头上安置什物。舱内设一榻、一小桌，两旁开玻璃窗，窗下都有坐板。那张小桌平时摆在船舱角里，三只短脚搁在坐板上，一只长脚落地。倘有四人共饮，三只短脚可接长来，四脚落地，放在船舱中央。此桌约有二尺见方，叉麻雀也可以。舱内隔壁上都嵌着书画镜框，竟像一间小小的客堂。这种船真可称之为画船。这种画船雇用一天大约一元。（那时米价每石约二元半。）我家在附近各埠都有亲戚，往来常坐客船。因此船家把我们当作老主顾。但普通只雇一天，不在船中宿夜。只有我到杭州，才包它好几天。

吃过早饭，把被褥用品送进船内，从容开船。凭窗闲眺两岸景色，自得其乐。中午，船家送出酒饭来。傍晚到达塘栖，我就上岸去吃酒了。塘栖是一个镇，其特色是家家门前建着凉棚，不怕天雨。有一句话，叫做"塘栖镇上落雨，淋勿着"。"淋"与"轮"发音相似，所以凡事轮不着，就说"塘栖镇上落雨"。且说塘栖的酒店，有一特色，即酒菜种类多而分量少。几十只小盆子罗列着，有荤有素，有干有湿，有甜有咸，随顾客选择。真正吃酒的人，才能赏识这种酒家。若是壮士、莽汉，像樊哙、鲁智深之流，不宜上这种酒家。他们狼吞虎嚼起来，一盆酒菜不够一口。必须是所谓酒徒，才可请进来。酒徒吃酒，不在菜多，但求味美。呷一口花雕，嚼一片嫩笋，其味无穷。这种人深得酒中三昧，所以称之为"徒"。迷于赌博的叫做赌徒，迷于吃酒的叫做酒徒。但爱酒毕竟和爱钱不同，故酒徒不宜与赌徒同列。和尚称为僧徒，与酒徒同列可也。我发了这许多议论，无非要表示我是个酒徒，故能常识塘栖的酒家。我吃过一斤花雕，要酒家做碗素面，便醉饱了。算还了酒钞，便走出门，到淋勿着的塘栖街上去散步。塘栖枇杷是有名的。我买些白沙枇杷，回到船里，分些给船娘，然后自吃。

在船里吃枇杷是一件快适的事。吃枇杷要剥皮，要出核，把手弄脏，把桌子弄脏。吃好之后必须收拾桌子，洗手，实在麻烦。船里吃枇杷就没有这种麻烦。靠在船窗口吃，皮和核都丢在河里，吃好之后在河里洗手。坐船逢雨天，在别处是不快的，在塘栖却别有趣味。因为岸上淋勿着，绝不妨碍你上岸。况且有一种诗趣，使你想起古人的佳句："人人尽说江南好，游人只合江南老。春水碧于天，画船听雨眠。""闲梦江南梅熟日，夜船吹笛雨潇潇。"古人赞美江南，不是信口乱造，确是亲身体会才说出来的。江南佳丽地，塘栖水乡是代表之一。我谢绝了二十世纪的文明产物的火车，不惜工本地坐客船到杭州，实在并非顽固。知我者，其唯夏目漱石乎？

图书在版编目（CIP）数据

旅宿 /（日）夏目漱石，丰子恺著；丰子恺译 . -- 北京：北京联合出版公司，2023.9（2023.10 重印）
 ISBN 978-7-5596-7054-0

Ⅰ.①旅… Ⅱ.①夏… ②丰… Ⅲ.①长篇小说—日本—现代 Ⅳ.① I313.45

中国国家版本馆 CIP 数据核字（2023）第 117970 号

旅宿

作　　者：	（日）夏目漱石　丰子恺
出 品 人：	赵红仕
策划编辑：	刘　方
责任编辑：	管　文
版式设计：	张　敏
责任编审：	赵　娜

北京联合出版公司出版
（北京市西城区德外大街 83 号楼 9 层 100088）
北京华景时代文化传媒有限公司发行
北京汇瑞嘉合文化发展有限公司印刷　新华书店经销
字数 110 千字　　880 毫米 ×1230 毫米　 1/32 　 7 印张
2023 年 9 月第 1 版　　2023 年 10 月第 2 次印刷
ISBN 978-7-5596-7054-0
定价：88.00 元

版权所有，侵权必究
未经书面许可，不得以任何方式转载、复制、翻印本书部分或全部内容。
本书若有质量问题，请与本公司图书销售中心联系调换。电话：（010）83626929